Berlin

Un roman sur la Seconde Guerre Mondiale

Richard G. Hole

Berlin
Un roman sur la Seconde Guerre Mondiale

Richard G. Hole

La Seconde Guerre Mondiale

SYNOPSIS

C'était Berlin...

Le Berlin terrifiant de quelques dates historiques terrifiantes, dans lequel des êtres pâles dantesques, émaciés et nerveux, se déplaçaient à travers ses tas de décombres, à travers ses avenues de décombres, ses ruines et ses murs nus et noircis sans rien derrière, sauf le vide glacial de leurs maisons sans murs , toit, murs ou personnes ; avec cette atroce ouverture d'yeux vides qu'étaient les fenêtres donnant sur le ciel lui-même, gris et nuageux comme l'atmosphère de la capitale allemande.

Oui. C'était Berlin.

C'était la fière capitale du Troisième Reich, assiégée par les troupes russes, combattant déjà furieusement aux abords de la capitale, sur les ponts qui y menaient...

Berlin est une histoire appartenant à la collection World War II, une série de romans de guerre développés pendant la Seconde Guerre Mondiale.

BERLIN

1

Tout a commencé un matin.

L'aube du 16 avril 1945. On peut dire que tout a commencé à ces heures-là... ou que, pratiquement, l'achèvement de tout a commencé. C'était le début de la fin. Beaucoup ne savaient pas. Quelques-uns s'en doutaient. Certains le savaient positivement.

La nuit avait été relativement calme dans la rue est-allemande. Une nuit calme, ponctuée de tirs isolés, entre les troupes soviétiques et les nazis ; mais toujours sans profondeur ni durée. Cela concernait le secteur de l'Oder.

Plus de vingt mille bouches rugirent soudainement, brisant ce calme relatif. Un rugissement infernal semblait secouer la terre tout le long de la dépression de l'Oder. Les soldats de l'armée du Neuvième Reich savaient qu'il s'agissait du premier assaut russe contre les défenses allemandes clés. Ils s'y attendaient et y résistaient. Ils résistèrent bien que l'offensive fût beaucoup plus puissante et terrible qu'ils ne l'avaient imaginé. Ils résistèrent bien que, en nombre et en matériel, les hommes du Reich fussent dans une intériorité claire et retentissante.

"" Heil Hitler "" crièrent les officiers en serrant énergiquement leurs lèvres. « Tenez bon, soldats ! Courage et énergie ! Berlin n'appartiendra jamais à l'ennemi ! L'Europe, et avec elle Berlin, n'appartiendra jamais aux Russes !

Les soldats se battaient, poussés par ces harangues courtes et vibrantes. Ils mettent tout de leur côté. Mais personne n'était sûr que la volonté de son Führer puisse être exécutée. Pas maintenant avec le trente allemand qui s'effondre parfois.

Le front de l'Oder résiste à peine, malgré la terrible insistance, au fardeau dévastateur des colonnes blindées soviétiques. Troupes de choc, aviation, chars et artillerie, formèrent une avalanche difficilement supportable par les soldats décimés et démoralisés de l'Allemagne hitlérienne.

Les moments glorieux, les dates d'or de la fière « Luftwaffe », de l'« Afrika Korps », des victoires éclatantes des armées allemandes étaient passés.

Il n'était plus possible de résister plus longtemps. Les jours du Troisième Reich étaient comptés. Son orgueil s'effondrait en même temps que sa formidable machine militaire, fissurée par mille impacts.

Mais là, dans l'Oder, face à un ennemi courageux, coriace et obstiné, qui cherchait le chemin le plus court et le plus rapide vers Berlin, les hommes épuisés et endurcis de la 9e armée ont enduré l'offensive de l'Est, ils ont retenu les soldats russes allonger un peu le temps. L'agonie de l'Allemagne, l'attente angoissée, tremblante et fiévreuse d'un Berlin en ruines qui ne semblait attendre que le pire...

Tous les fronts n'avaient pas la même résistance. Le chaos commençait déjà à se déployer avec des personnages indélébiles et retentissants sur un autre front non moins transcendant pour le sort futur de l'Allemagne et de ses dirigeants nationaux-socialistes : celui des Neisse.

Là, ce sont les deuxième et quatrième armées de l'Union soviétique qui ont lancé l'assaut résolu contre les défenses nazies. Les deux armées avaient été renforcées d'urgence avec des milliers et des milliers de chars lourds et divers corps d'infanterie de l'armée spécialement entraînés. Devant, affaiblie et chancelante, la IVe armée allemande ne peut opposer beaucoup de résistance.

En désespoir de cause, elle a enduré quelques heures. Puis il s'est effondré...

Les stations alliées ont été les premières à annoncer la nouvelle :

L'avant de la Neisse a été brisé. Les troupes russes avancent déjà directement vers Berlin dans une pointe de flèche vraiment meurtrière. Les heures du Troisième Reich sont comptées... »

Les heures du Troisième Reich sont comptées !

L'idée a à peine réussi à s'ouvrir dans leles esprits abasourdis et galvanisés des grands du nazisme. Ils ne pouvaient pas croire ce qu'ils entendaient. Mais ils savaient que c'était la vérité. Eux, mieux que quiconque, pouvaient le savoir. Les rapports, les messages et les nouvelles, parvenant sans cesse au quartier général du IIIe Reich, étaient tous fortuits : le front Neisse sombrait irrémédiablement. ..

> « Soldats du front est-allemand ! » : « Pour la dernière fois, l'ennemi est passé à l'offensive ; essayer de détruire l'Allemagne et d'anéantir notre peuple. Vous, soldats de l'Est, savez par vous-mêmes quel sort menace en premier lieu les femmes et les enfants allemands. Alors que les vieillards, les hommes et les enfants seront assassinés, les femmes et les filles seront avilies, réduites à la condition la plus basse et la plus déshonorante. Le reste ira en Sibérie... »

Il a été signé par Adolf Hitler, bien sûr. Et il a été conçu pour garder le moral des soldats combattant l'inévitable sur tous les fronts dans l'ensemble de l'Est.

À ce moment-là, les ordres sortaient déjà des caves de la Chancellerie, à cinquante pieds sous terre. Hitler s'était réfugié dans le "bunker" de Berlin en prévision de ce qui pourrait arriver à la capitale allemande, maintenant que l'ennemi était déjà si proche, maintenant que les canons adverses rugissaient déjà autour de la grande métropole berlinoise...

C'était un moment de l'histoire. Le grand tournant de l'histoire allemande. Et de toute l'humanité, dramàlié éthiquement aux vœux d'un peuple qui avait été conduit à l'holocauste par le fou le plus gigantesque et le plus fanatique de tous les temps...

A cette époque, d'autres vies étaient étrangement liées à la vie et à la mort d'Adolf Hitler.

Des vies comme celles de Goebbels, Goering, Himmler, Eva Braun, Krebs...

Oui d'autres vies plus sombres. vit queils n'entreraient jamais dans l'histoire. Des vies d'êtres gris, dans le monde gris qui entoure toujours les grandes lumières de l'histoire.

Vit comme Karl Martin, officier du Troisième Reich. Plus précisément, un officier de la division "Panzer 21", la même redoutable division qui faisait partie de "Afrika Korps" d'Erwin Rommel...

Karl Martin, que Destiny a choisi comme personnage de plus dans ces heures sombres, sinistres et hallucinatoires de l'agonie berlinoise, l'agonie de l'Allemagne et de ses surhommes...

***

« Rommel n'est pas mort de ses blessures le 17 juillet. Rommel a été assassiné.

Un silence de mort glacial accueillit les paroles audacieuses et incroyables du jeune officier.

Karl Martin ne s'est pas contenté de larguer cette bombe verbale dans la brasserie remplie d'hommes en uniforme portant des casques d'acier, des croix de fer, des feuilles de chêne et une croix gammée sur les guerriers bruns. Il était venu au comptoir, avait bu une longue gorgée de bière, dès qu'il avait terminé sa phrase emphatique, puis reposait la chope bavaroise, mousseuse de liquide doré, et avait fait quelques pas de plus. Ses bottes noires brillantes tonnaient sur le sol de la boutique.

Il s'arrêta subitement. Encore une fois, il a émis un critère imprudent, presque suicidaire :

«Je sais ce qui est arrivé à notre quart-arrière. Je pourrais parler de ce qui s'est passé, messieurs. Je pourrais dire à tout le monde qu'Erwin Rommel, notre grand maréchal héroïque, était dangereux pour quelqu'un. Et que quelqu'un l'a éliminé. Le reste était une imposture. Même les funérailles et les services commémoratifs.

Un autre silence. La stupeur, l'incrédulité se lisaient sur les visages des personnes présentes. Quelqu'un a prévenu :

« Attention, Martine. Tout ce que vous dites est très grave. Si quelqu'un vous a entendu...

"Qu'est-ce qui ne va pas?" Karl se tourna vers son partenaire. As tu peur?

« Honnêtement... oui.

« Magnifique ! Nous sommes la meilleure armée du monde. Et nous avons peur de parler, peur de dire la vérité. Sommes-nous des soldats ou des salopes recroquevillées ?

"Martin, je pense que tu en fais trop", a averti un autre. " Nous avons tous ressenti la fin de notre patron comme vous. Mais que pouvons-nous faire maintenant ? La division " Panzer Vingt et un " a été dispersée dans diverses missions en Europe depuis la défense de Caen jusqu'à aujourd'hui. le maréchal revient à la vie. Et les choses vont assez mal en Allemagne pour que nous courions le risque que la plupart d'entre nous soient fusillés ou emprisonnés pour des allégations de calomnie et de commentaires rebelles.

"Nous sommes obligés de regarder la vérité en face!" Martin protesta. « Nous n'avons pas l'intention de provoquer une rébellion, mais de discuter, de savoir ce qui est arrivé à Erwin Rommel. Savoir pourquoi et par qui il a été tué, détruit.

Encore ce silence tendu, agaçant, dérangeant. Et encore une voix, celle d'un autre des officiers de la division « Panzer », présent sur les lieux :

« Nous tous... nous savons tous qui a tué Rommel, Martin. Pourquoi en parler ?

"Pourquoi en parler ?" répéta Karl furieusement. Pourquoi ne pas parler? Parce que le nom du meurtrier est... "Adolf Hitler" ?

C'était comme une violente secousse. De peur, d'angoisse, de malaise pour chacun des présents. Le capitaine Brunner posa sa bière, se leva et traversa la pièce, laissant les lieux dans un silence complet. Puis ce fut le sergent Wiemar, ayant Obbër, le caporal Schultz... Et ainsi, un à un, ils partirent tous, laissant Karl Martin, l'officier audacieux des affirmations dangereuses, seul au milieu de la pièce.

Mais il n'était pas totalement seul. D'un coin éloigné, derrière les gros tonneaux alignés au fond de la brasserie, un autre soldat surgit lentement. D'un pas tranquille, il s'approcha de Karl. Il le regarda avec indifférence par-dessus sa chope de bière.

« Tu ne pars pas aussi, Rudolph ? Demanda Karl avec aigreur. Si la peur t'envahit, tu ferais mieux de partir avec les autres. Les lâches me dégoûtent. Et on semble être ici entouré d'eux partout. C'est la grande Allemagne dont rêvait le fou...

« Karl, je te parlerai en ami » soupira l'autre soldat en posant sa tasse vide sur le comptoir. « En tant que militaire, je ne pouvais pas le faire. Vous êtes lieutenant et je suis sergent. Je ne suis pas en mesure de vous donner des conseils. Mais écoutez l'ami. À Rudolph Börn, l'homme.

« Je t'écoute, Rudy. Parle.

" Ne répétez pas de telles déclarations à l'avenir, Karl. Ils sont terriblement dangereux. Non seulement pour vous, mais aussi pour ceux qui vous écoutent. Et, comme vous le dites très bien, tout le monde n'a pas le courage d'affronter les conséquences d'une telle chose. Je n'ai pas peur. Peut-être parce que je n'ai pas de famille etLes SS pouvaient me punir, mais jamais mes proches. Les autres sont des cas différents. Ils craignent pour les leurs, Karl.

« Nous étions censés être fidèles à Rommel jusqu'à la mort, n'est-ce pas ?

"Bien sûr, Karl. Nous étions et serons toujours. Mais il serait inutile de parler et de crier, d'accuser fort, car ils n'allaient pas nous laisser continuer. Le maréchal est mort. Il y avait une opportunité pour lui venir en aide , d'aller même contre la rébellion pour lui sauver la vie, mais ce n'était pas possible. Nous ne savions pas ce qui était prévu contre lui, jusqu'à ce qu'il soit trop tard. Maintenant, nous ne pouvons plus ramener Karl à la vie. Et nous devons continuer , en tant que soldats, combattant pour l'Allemagne.

« Et par Hitler ? Karl eut un rire sarcastique.

"Pour l'Allemagne. C'est tout" sereinement, le sergent a boutonné sa tunique et a enlevé le bonnet d'un cintre, l'ajustant sur ses cheveux grisonnants. " Je ne veux pas vous voir en difficulté maintenant que le général von Kelber cherche un assistant officier parmi l'état-major de la division Panzer 21, et vous avez de bonnes chances de lancer ce poste et d'aller à Berlin avec lui.

"Berlin..." songea Karl en serrant les mâchoires. Je ne voudrais pas aller avec Von Kelber à Berlin. Je préfère continuer ici à Göttingen.

« Oui, à Göttingen, nous avons tous besoin les uns des autres. D'autant plus que les alliés ont franchi le Bas-Rhin et que la 21e armée américaine arrive ici. Ceux de la division « Panzer » doivent défendre ces villes car elles sont l'accès à l'intérieur de l'Allemagne... ; mais les Russes font également pression sur le front de l'Est et la dernière nouvelle qui nous est parvenue est que les Soviétiques avancent, malgré la résistance qu'ils rencontrent, sur la route de Berlin. Et il y a seulement un mois, ils ont traversé l'Oder, au sud-est de Breslau. Les choses vont mal, Karl. Spécialement pour. Berlin C'est pourquoi les hauts dirigeants s'y réunissent en vue d'un dernier effort...

"Je ne sais pas, Rudy..." marmonna Karl en secouant la tête d'un air abattu. Je ne sais plus quoi penser de cette guerre. Au début, nous pensions tous que ce serait court, éclair et triomphant. Que nous nous battions pour une Allemagne nouvelle et meilleure. Mais c'était au début. Maintenant... maintenant, on se sent étrange à propos de beaucoup de choses qui semblaient autrefois sublimes.

" Je le répète, Karl : ne parle pas comme ça. Ne pas commenterrien. Pensez ce que vous voulez, mais ne l'exprimez pas à haute voix, je vous en supplie comme un ami qui vous apprécie vraiment.

« Merci, Rudy » il lui tapota chaleureusement le dos. De vraies tribunes. Je vais essayer de me corriger. Vous avez raison sur quelque chose : nous avons adoré Rommel. Et nous ne vous rendrons jamais votre vie avec des mots. Nous ne rendrons même pas justice à ses meurtriers, quels qu'ils soient...

« Exactement, Karl. Désolé si je t'ai parlé comme ça. Je n'oublie pas que je suis ton subordonné. Mais je suis plus vieux que toi... et je pense avoir raison.

"Oui, Rudy. Tu as raison" Karl secoua la tête. Il regarda sa chope de bière presque vide. Il la renversa et le liquide mousseux coula sur le bois brillant du comptoir. " J'ai peut-être trop bu, Rudy.

« Peut-être. Tu viens, Karl ?

"Je vais y aller tout de suite" il se tourna vers le barman. " Ludwing, encaisse-moi. Et ça coûte aussi pour Rudolph. Qu'est-ce que je te dois ?

"C'est onze points, Lieutenant" sourit Ludwing Strauss, un peu moins nerveux qu'avant.

"D'accord" Karl lui lança jusqu'à quinze marques sur le comptoir. " Sauve le tour, Ludwing. Pour le mauvais moment que je t'ai fait traverser.

« Merci, lieutenant Martin. Ludwing se pencha sur le comptoir. Et croyez-moi, écoutez votre ami le sergent. Ne répétez pas ces discours. Personne n'est respecté ici. Même mon propre fils serait capable de me trahir s'il servait le Parti en le faisant. C'est ce qu'ils leur inculquent, vous savez.

« Votre fils est-il dans les Jeunesses hitlériennes ?

« Oui, lieutenant. Otmar est un caporal de son siècle et tout ça. Ils ont mis le militarisme dans leur sang. Et les idées nazies ne font pas précisément de distinction entre un étranger et un père ou un frère pour dénoncer un acte contre le régime ; vous le savez .

"Oui je sais. Les idées nazies ne font même pas de distinction entre leurs héros", lors de l'exécution de ceux marqués par la SS ou la Gestapo.

Il a quitté la cantine. Le sergent Rudolph attendait déjà au volant d'une voiture militaire. Au loin, le bourdonnement des moteurs à réaction. Les deux hommes se regardèrent,

"Je doute qu'ils soient des nôtres", commenta rudement Rudolph Börn. La « Luftwaffe » n'est plus ce qu'elle était. Ce doivent être des escouades alliées...

Quand la voiture a démarré, à travers les rues de la ville de Göttingen, paisible et provinciale malgré l'enseigne militaire qui présidait actuellement à sa vie, avec des barricades, des tranchées et des postes armés en tous points, en attendant l'inévitable siège des Anglo-Américains qui se sont déplacés de l'Ouest, à travers l'Allemagne envahie, des explosions sourdes, retentissantes, encore lointaines, se mêlaient au ronflement des avions.

"Bombardement" Karl soupira "Non, ils n'étaient pas des nôtres, Rudy...

2

Ludwing Strauss fixa les deux hommes debout au comptoir. Il venait de leur servir deux chopes de bière. Il étudia son apparence avec une certaine méfiance. Il n'aimait pas les couples d'hommes hermétiques, avec un imperméable ou un manteau, un sourire affable et un air bourgeois, ils étaient généralement des agents spéciaux de la Gestapo dans l'un de leurs sinistres services.

Ces deux-là y ressemblaient. Aussi bien celui en manteau noir et chats montés en l'air, que celui en imperméable léger et chapeau souple, couleur "beige". Le fait qu'ils ne l'aient même pas regardé ou montré de l'intérêt pour son établissement, plutôt que d'être une indication négative d'une telle possibilité, a encore éveillé les soupçons de Strauss.

Ils étaient déjà en train de vider leur bière et tout semblait montrer que Ludwing s'était trompé dans ses appréhensions, quand le redouté s'est produit.

"Beaucoup d'officiers et de sous-officiers de la division 'Panzer' viennent ici, n'est-ce pas ?" l'un des deux hommes parla tout à coup, penché sur le comptoir, avec l'air d'étudier un spécimen rare de papillons. Seulement, il étudiait Ludwing Strauss, et il avait l'impression d'avoir déjà été transpercé par l'épingle mortelle du collectionneur.

"Eh bien, oui, ils ont toujours fréquenté ma maison" approuva Ludwing, contrôlant son inquiétude et offrant son plus beau sourire sur le visage dodu, de bonne couleur et aux yeux bleu vif. " L'armée et moi sommes de bons amis, monsieur.

"Je n'en doute pas" sourit pâlement l'autre, avec un regard froid comme de la glace ", Bons amis, barman. Il faut être un bon ami d'un militaire qui offense le Führer et l'insulte sans que les autorités s'en aperçoivent, non ?

Une pâleur mortelle s'étala sur le visage de Ludwing, dont les joues rouges prirent une couleur de cire. Ses genoux tremblaient et il dut s'appuyer contre le comptoir, faisant semblant d'essuyer les flaques de bière avec un chiffon, pour se reconstruire et attendre les événements, le plus alerte possible.

« Je crains de ne pas vous comprendre, messieurs, » argumenta-t-il très sereinement.

— Ça ne sert à rien de faire semblant, mon ami, dit froidement le type au manteau sombre et aux lunettes sur son nez crochu. Il se souvenait de Himmler, le chef suprême des SS ». Totalement inutile. Son fils, Otmar Strauss, a déjà dénoncé ce qui arrive au parti. Il a entendu les officiers parler ici hier. Il n'a pas pu recueillir leurs noms, mais il sait que l'Allemagne et le Führer ont été trahis ici. C'est assez.

"Mon... fils..." haleta Ludwing. Impossible impossible!

Les hommes de la Police Politique se regardèrent en haussant les épaules. Puis on se tourna vers la porte. Là, blond et dodu, droit et impassible, comme un petit monstre, dans son uniforme des Jeunesses hitlériennes, se trouvait le petit Otmar Strauss, avec ses treize ans, sa rigidité militaire, son expression froide et insensible de membre accro du parti nazi et du Troisième Reich.

Ludwing aussi le fixa, stupéfait, avec un tic convulsé et désespéré.

"Otmar, fils..." murmura-t-il. Toi, tu n'aurais pas pu dire... quelque chose d'aussi horrible.

"Je suis désolé, père," dit le garçon durement, carrément militairement. " Je suis un soldat de la Grande Allemagne. Le Führer exige de moi discipline et loyauté. Je ne peux pas me taire. C'était vrai. J'ai écouté d'en haut, de ma chambre. Je n'ai pas tout entendu, mais j'ai entendu une partie J'ai entendu des voix... Ils ont parlé contre le "mein Führer". Des traîtres, des chiens traîtres ! Rien ne va contre toi, père. Tu parles. Donne des noms. Ils t'aideront.

"Oui, Strauss" sourit, bon enfant, celui en imperméable. " Je m'appelle Veit Horsmeyer de la police secrète d'État. Je promets de vous aider. Il n'est pas nécessaire que vous payiez pour la faute de quelqu'un d'autre. Il aurait dû informer notre service " immédiatement ". Mais votre fils l'a fait, et nous pouvons être vous condescendant, ignorant de telles circonstances et faisant de vous le notateur. Donnez-moi des noms, Strauss, et je n'ai rien à craindre. En temps voulu, vous serez appelé dans les bureaux de la Gestapo pour identifier les accusés, sans qu'ils vous voient, et que le sera.

Le brasseur de Göttingen a connu un tragique mouvement d'hésitation. La vie de ses clients dépendait de ce moment, des militaires comme Karl Martin. Les hommes de la Gestapo s'inclinèrent avec impatience, attendant ses mots de clarification.

Mais Ludwing Strauss se redressa par la suite, les regardant froidement. Il parla sèchement :

"Je ne sais pas de quoi ils parlent. Ni vous ni mon fils. Je n'ai jamais rien entendu de subversif dans ma brasserie. Maintenant, je vous prie de vous en aller.

« Vous êtes très courageux, monsieur Strauss. Ou très idiot », celui à la syllabe du manteau noir ». Comme mon partenaire Horsmeyer, je promets de vous aider si vous êtes honnête. Sinon... personne ne pourra rien faire pour vous.

Oui quand nous partirons, vous viendrez avec nous.

"Allez, père" dit le garçon avec un sourire narquois. " Parle maintenant. Tu es un bon patriote comme moi. " Heil, Hitler ! " Tu ne peux pas me laisser tomber, n'est-ce pas, papa ?

Intensément livide, Strauss ôta son tablier de travail au regard impassible des noms de la Gestapo. Puis, très lentement, il jeta un coup d'œil à son fils et déclara :

« Tu m'as déjà assez laissé tomber, fiston. Allez, messieurs. Emmenez-moi à l'abattoir comme tant d'autres. Je suis prêt.

"Strauss, ne faites pas cette erreur", a averti Horsmeyer. Une fois dans les bureaux il n'y aura pas de solution... Ni nous ni personne d'autre ne pourra vous en sortir.

« Tu penses que je ne sais pas ? Le sourire triste de ! brasseur avait un ton pathétique ». Vas-y. Sacrifier encore un autre.

« Tu es fou, Strauss ? Ce bureau ! Celui qui a parlé ! Un seul nom... et tu seras libre ! Personne ne pense à te déranger ! Il a un fils dans la Jeunesse et...

"Je ne pense pas avoir d'enfants," dit Ludwing froidement en regardant l'enfant. Vous me l'avez enlevé il y a longtemps, lorsque vous avez inculqué à votre cerveau que l'Allemagne ne pouvait être grande qu'en ne respectant pas les parents, les enfants ou les frères, pour le bien du Parti. Où voulez-vous que nous allions avec cet apostolat ? Pensez-vous que Dieu ne couvrira pas son visage de honte quand il verra que nous, ses créatures, sommes capables de nous avilir autant ?

« Strauss, arrête de parler ! Horsmeyer prévint froidement. C'est en train de se perdre !

« Je suis déjà perdu. Mais aucun nom ne sortira de mes lèvres. Jamais.

"Ne sois pas si sûr" rigola celui en manteau noir. La Gestapo a les moyens de faire parler n'importe qui... même les plus réticents. Il le dira sans même s'en rendre compte...

"Non!" Et soudain, l'une des mains massives de Ludwing s'envola vers une énorme chope de bière vide qui pouvait contenir plus de cinq litres du liquide doré sous sa forme vitreuse épaisse, et la tira, sur le crâne dont il parlait. .

Ce fut un choc brutal pour le temple. Celui en habit noir, avec une rapidité étonnante, avait dégainé une arme ; mais le « Luger » noir et bleui jaillit de ses doigts alors que le récipient s'écrasait contre son visage et sa tempe, craquant avec un craquement sec.

L'homme roula au sol avec un impact aussi sec que le coup de cruche.

Ludwig sauta du comptoir d'un bond net et agile et courut vers la porte. Son fils a tenté de l'arrêter et il a été poussé, projeté violemment contre une table et des tabourets, tandis que son père se jetait vertigineusement dehors.

"Arrêter!" Horsmeyer a prévenu. Arrêtez ou tirez ! Ne fais pas ça, Strauss !

Le brasseur ne s'est pas arrêté. L'homme disparate de la Gestapoou alors.

C'était un seul coup. Ludwig s'arrêta net, trébucha près du seuil et se tourna alors que son dos commençait à être couvert de sang. Il sourit à Horsmeyer et chercha une bouteille de bière sur une étagère immédiate, dans l'intention de la lancer à son ennemi. Horsmeyer appuya à nouveau sur la détente.

Cette fois, la balle a touché Strauss au ventre. Il se plia en deux avec une toux. Il a roulé sur le sol. Finalement, il s'immobilisa, haletant, renversant quelque chose de rouge et d'épais sur le carrelage de la brasserie. L'enfant, sans voix, ses yeux bleus dilatés d'horreur, regardait son père gisant. Puis, tremblante, elle s'avança vers lui d'un pas incertain, hésitant, tandis que les yeux clairs et fanatiques du garçon, vieilli par les idées politiques, étaient trempés de quelque chose d'humain, de pathétique, d'horrifié et d'incrédule.

"Père..." songea-t-il. Papa...!

"Non... ils ne peuvent pas... m'arracher la vérité," haleta Ludwig par terre. Ils ne peuvent jamais le faire. Pas même la Gestapo, monsieur... Horsmeyer...

Celui-ci pinça malgré tout ses lèvres minces de colère. La mort imminente de Strauss semblait le rendre furieux plus que toute autre chose.

Le garçon de Strauss se laissa tomber à côté de son père. Il sanglota en chuchotant :

« Pourquoi, papa... pourquoi ? Tu n'avais qu'à... donner un nom... Rien que ça ! Je n'ai pas... je ne voulais pas... être blessé... blessé...

Ludwig le fixa, son visage déjà tordu par les ombres mortelles.

« Cela vous apprendra, mon fils..., à ne pas faire passer la doctrine nazie avant vos sentiments humains. Personne ne doit... dénoncer les siens, car le Parti l'exige...

Ses yeux se sont fermés. Il était mort. Le petit Otmar sanglotait sur le cadavre. Horsmeyer se tourna vers son partenaire, penché sur lui. Un filet de sang coulait de son nez. Il avait une couleur jaune sur son visage. Il était aussi mort que le brasseur. L'impact de la cruche avait été fatal.

"Maudit Strauss..." marmonna l'homme de la Gestapo. " Putain de stupide...

***

> «Personnellement choisi par le général Von Kelber, le lieutenant Karl Martin, de la division« Panzer 21 », rejoindra le groupe des collaborateurs directs et assistants spéciaux du général à Mühlhauser pour partir pour Berlin, où le général rejoindra l'état-major Alto de Le troisième reich. "

Cela dit la dépêche reçue. Karl Martin pinça les lèvres, le retirant de colère, l'ayant relu. Derrière lui, le sommier grinça tandis que Roszy bondissait sur ses pieds.

« Quoi de neuf, mon cher ? Demanda la jeune femme en fredonnant "Lili Marlen" dans sa barbe.

"Eh bien... ouais, ouais," admit Karl distraitement. Je pense que je vais partir en voyage, Roszy.

"En voyage!" Elle se précipita sur lui, le serra d'une étreinte violente, intense, qui colla ses femmes turgescentes contre le corps du jeune officier ». Karl... allez-vous au front ?

"C'est possible. Je vais à Berlin.

"Berlin!" Roszy a paniqué. Berlin... C'est la façade, Karl !

"Oui. Berlin, c'est déjà le front est-allemand", a-t-il reconnu. Apparemment, pourtant, je ne vais pas dans les tranchées proprement dites. Pas encore. Je vais avec l'état-major.

« Pourtant, Karl... j'ai peur. Je ne veux pas rester seul à Göttingen !

« Je suis vraiment désolé, Roszy. Je ne peux rien faire. Je suis soldat et je dois obéir aux ordres. Ce matin, je vais me présenter au général von Kelber.

"Karl... Karl, j'aimerais venir avec toi.

"C'est impossible, Roszy.

"Chéri, je ne serais pas un obstacle pour toi. J'ai de la famille à Berlin, une cousine qui est serveuse dans un département d'Etat et...

"Désolé, Roszy. Ce n'est pas possible, comprends. Plus tard, peut-être...

« Y aura-t-il un 'plus tard', - Karl ? Demanda la fille avec une gravité soudaine.

Karl ne répondit pas pour le moment. S'il y avait une fille légère et frivole qui ne s'exprimait jamais sérieusement, c'était Roszy Polman. Maintenant, elle semblait soudain inquiète pour quelque chose, et sa superficialité habituelle laissait place à l'angoisse, à une tension latente. Quelque chose qui a peut-être toujours existé et qu'elle a essayé de combattre avec sa frivolité, son insouciance, sa façon intense et non moraliste de vivre, de ressentir, d'aimer...

"Je ne sais pas, Roszy," dit-il après un silence. Je ne sais pas s'il y aura un "plus tard" ou pas. Personne ne peut rien savoir aujourd'hui, ma chère... Pas même si cela existera demain.

"Karl, j'ai peur...

"On a tous peur"' soupira Karl en serrant les mâchoires ". Et parfois on ne sait même pas pourquoi...

Il mit la tunique et la boutonna. Puis il jeta un coup d'œil sur la ville, ombragée la nuit pour éviter les cibles de l'aviation alliée dans leurs bombardements de plus en plus fréquents, à travers la fente de la fenêtre.

« Est-ce que tu rentres à la maison ce soir trop cher ? Demanda-t-elle doucement.

Il faut que je le fasse. Il est déjà quatre heures du matin, Roszy. A sept heures je dois être à la caserne et présenter le bureau du général von Kelber pour prendre un transport militaire à M.ou alorshlhausen. Tout cela est urgent, vous l'avez déjà vu dans l'en-tête de la dépêche et dans l'enveloppe dans laquelle il m'a été remis. Croyez-moi, je suis aussi désolé pour cette marche précipitée que vous, Roszy. Je suis sincère quand je te dis que je t'aime bien et que tu es une fille charmante, une compagne idéale...

"Le compagnon idéal pour les heures d'un soldat qui ne sait jamais quand son temps heureux va se terminer, n'est-ce pas Karl ?" Elle a parlé en voulant sourire et en étant étonnamment amère "Seulement ça, pas la fille qu'on épouserait. ..

Karl la regarda gravement. Ainsi, à moitié vêtue, avec ses formes et son arrogance de femme pleine de sensualité, Roszy semblait juste ce qu'elle disait. C'était l'image de la jeune fille à ses heures perdues, celle qui vend son temps et ses caresses aux hommes qui font la guerre. Pour Karl, c'était quelque chose de plus. Et il l'a dit succinctement, sans ambages :

« Il y aura ceux qui peuvent penser comme ça. Moi, non, Roszy. Je t'apprécie d'une autre manière. Je pense qu'il y a quelque chose de merveilleux chez vous qui fait passer le temps. Quand cela arrive et que ce n'est qu'un mauvais souvenir, comme celui qui laisse un cauchemar, toi et moi en parlerons..., de ça. Se marier ...

« Karl ! » elle écarquilla ses beaux yeux clairs. Elle le regarda stupéfaite. Vous n'êtes pas sérieux, n'est-ce pas ?

"Qu'en penses-tu?

« Non, bien sûr » rit-il comme s'il voulait continuer à être superficiel, oubliant l'intensité soudaine donnée à sa conversation, généralement légère et sans aucune signification. Maintenant, oubliez les mariages et tout ça. il plaisantait

"Roszy...

« Je plaisantais, je te l'ai déjà dit. Je veux vous demander de voir ma cousine Erika quand vous serez à Berlin si vous le pouvez. Il habite rue Friedrich, près du pont...

« Bien sûr, bien sûr que j'irai la voir. Donne moi ton adresse et je...

Il a été interrompu. La sonnette de l'appartement venait de sonner. Roszy sursauta en se redressant. Il regarda Karl.

"Ils ont appelé", a-t-il commenté.

"Oui, j'ai remarqué ça" il haussa les épaules. Peut-être qu'ils se sont trompés...

"À quatre heures du matin?" La cloche de l'étage sonna à nouveau. " Tu attends quelqu'un, Roszy ?

"Pas moi...

"C'est bizarre..." Il fit quelques pas vers la porte qui communiquait la chambre avec le meuble et ce dernier avec le couloir. A la porte de l'appartement, après une courte pause, le son vibrant de la sonnette a insisté. Quelque part, loin de la ville, l'artillerie a grondé, comme un contrepoint choquant et inquiétant ». Très bizarre, Roszy.

"Attends, Karl. Je vais voir qui c'est...

Elle marcha jusqu'à la porte. Brusquement, comme s'il sentait que quelque chose clochait, il se détourna de l'ombre de ! cabinet, fixa le jeune officier et murmura :

« Si quelque chose devait arriver, Karl... n'oubliez pas qu'il existe une autre issue : la fenêtre de la cuisine donne sur le patio. Un tuyau ondulé très résistant monte le long du mur. Il a quelques défauts qu'un juif que j'avais loué une fois a déjà utilisé. C'est ainsi qu'il s'évade des SS. Le toit de la maison jouxte un autre bâtiment et l'accès est aisé. Ce bâtiment a une sortie sur une autre rue.

« Pourquoi tu me dis ça, Roszy ? Il parlait d'une voix serrée. Je suis un officier de l'armée du Reich, pas un juif persécuté... Aucun danger n'est censé me guetter ici jusqu'à l'arrivée des alliés.

"Dans notre Allemagne aujourd'hui, Karl... personne ne sait quand et où se trouve le danger", soupira finalement Roszy, marchant vers la porte, alors qu'une sonnerie plus longue tirait sur les nerfs de Karl Martin.

Il l'entendit ouvrir la porte. Machinalement, il posa sa main sur l'étui de son étui. Puis il la repoussa, se disant que c'était un acte ridicule. Comment craindre quoi que ce soit, dans son propre pays, en tant que membre de l'armée nazie ? C'était absurde en effet.

« Bonsoir, 'Fraulein' Polman », entendit-il une voix crémeuse et douce le saluer, ce qui, sans en connaître la cause, le dégoûta. " En retardou alors beaucoup à vous de me répondre...

" C'est vrai. Je ne pensais pas que tu étais pressé,monsieur. Qui êtes-vous ?

« Mon nom ne vous dira rien : je m'appelle Veit Horsmeyer. Vous êtes seul?

"Bien sûr que non. Je suis avec un homme. C'est un crime ?

« Je n'ai pas dit qu'il y avait un crime. Je ne pense même pas avoir dit que j'étais flic.

"Mais il est.

Très intelligent, Fraulein Polman. je peux passer?

« Vous êtes policier ?

"Oui" soupira la voix. Police secrète d'État.

Karl frissonna. Même les Allemands étaient effrayés par cette mention : « Police d'État secrète »... « Geheime Staats-Polizei ». Avec ses trois premières syllabes jointes, "Gestapo". Ils ne sont jamais venus pour rien de bon. Espions, ennemis du Régime, juifs, trias et enquêtes troublantes... La Gestapo. Pourquoi cherchait-il Roszy ?

Il se dirigea vers le cabinet tandis que la conversation se poursuivait dans le hall. Comme si Roszy avait saisi ses pensées, il posait une question :

« Pourquoi venez-vous chez moi à cette heure-ci, monsieur la police ?

« S'il vous plaît, ne m'appelez pas comme ça. Je n'aime pas ça », a déclaré Horsmeyer avec un accent crémeux. Je suis Horsmeyer, souviens-toi...

« Eh bien. Que cherchez-vous ici, monsieur Horsmeyer ? Je n'ai aucun compte avec la police.

"Bien sûr que non. Je n'ai pas dit ça, "fraulein" Polman. Avec quel homme es-tu ?

— Avec moi, monsieur Horsmeyer, lança Karl, apparaissant sur le seuil de la petite salle de Roszy.

"Oh, Lieutenant..." l'agent de la Police Secrète d'Etat se retourna, le fixant de ses yeux froids et moqueurs ". Ravi de vous rencontrer. Lieutenant Karl Martin ?

Karl plissa les yeux, durement, sans les détourner du visiteur.

« La Gestapo sait tout, n'est-ce pas ? Il siffla inamical.

"Presque tout, 'Herr' Martin", dit Horsmeyer en riant mélodieusement. Toi, en revanche, tu ignores peut-être des choses...

« Je n'ai aucun intérêt à connaître autre chose que mon devoir de soldat,

"C'est dommage. Vous savez peut-être des choses qui vous intéressent. Des choses de ses amis...

« Mes amis ? De quels amis ? De quoi parle-t-il ?

Tout d'abord, lieutenant, je ne viens pas ici à cette heure pour voir les charmes incontestables de « Fraulein » Polman, mais pour vous voir.

"Moi?" Karl haussa les sourcils tandis que Roszy, un peu pâle, couvrait sa bouche d'une main, comme pour tenter d'étouffer un cri de peur, d'inquiétude latente. Pourquoi, M. Horsmeyer ? J'ai peur de ne rien comprendre à tout ça...

« Vous comprendrez tout de suite. Un de ses amis est décédé.

"Mort?" Karl haussa doucement les épaules avec un froncement d'amertume sur les lèvres. « Il y en a tellement qui meurent ces jours-ci, monsieur Horsmeyer.

« Cet ami n'était pas un soldat. Il était brasseur : il s'appelait... Ludwig Strauss.

Karl a perdu de la couleur. Un frisson parcourut sa colonne vertébrale. Il regardait gravement, sereinement, l'homme souriant et moqueur, en imperméable léger et chapeau mou, qui le regardait comme un entomologiste regarderait un insecte rare et convoité.

« Ludwig... » marmonna-t-il d'une voix rauque. Je m'excuse. C'était un homme bon, que lui est-il arrivé ?

— Je l'ai tué, expliqua Horsmeyer d'un ton glacial.

« Toi ! » Les yeux du lieutenant brillèrent, Il regarda avec horreur l'homme de la Gestapo », Tu l'as tué... et tu l'admets comme ça, si froidement, pourquoi ?

« Il était têtu. Il ne voulait pas parler. Son fils est un fier jeune nazi. Il a rempli son devoir de rapporter ce qui s'est passé à la brasserie. Tu sais, Martine. L'entretien entre plusieurs officiers de la division "Panzer 21", fidèles à Erwin Rommel. Tellement loyaux qu'ils sont entrés dans la subversion. Ces fous ne comprennent pas...

« J'appartiens également à la division 'Panzer', monsieur Horsmeyer.

"Je sais, je sais. C'est pourquoi je suis ici", sourit-il sournoisement. Ludwig n'était pas un bon patriote. Il a même mortellement frappé mon partenaire Helm. Mauvaise affaire, lieutenant. Ils l'auraient abattu si je ne l'avais pas tué lui quand il a essayé de s'échapper. Personne n'échappe à la Gestapo. Vous le savez, n'est-ce pas ?

« Plus précisément « les dents de Karl grinçaient », qu'est-ce que vous voulez de moi ?

— La vérité, lieutenant Martin. Seule la vérité "a rétréci les yeux, caustique". Je vous demande très peu, n'est-ce pas ? Vous étiez à cette réunion, je sais. Vous... vous saurez qui a dit du mal de notre Führer, qui a souillé sa glorieuse personne d'insultes et de phrases de rebelle, de séditieux, d'ennemi de l'Allemagne...

"Et... si je vous disais que je n'ai rien entendu, que je n'étais pas dans un tel rassemblement...

« Je sais que je mentirais. Je le ferais arrêter pour parler dans nos quartiers.

"Non pas ça!" Roszy haleta d'horreur, appuyé contre un petit meuble dans le hall, avec un geste tremblant. La Gestapo... "Jamais". Jamais, Karl...

"Nous semblons avoir une très mauvaise réputation", a ri l'agent de la police secrète d'État avec un rire aigre.". Vous voyez, lieutenant. Pourquoi ne parles-tu pas maintenant et dis-moi qui a parlé comme ça ? Je ne demande que ça. Tu restes avec ton petit ami et je pars. Je vous laisse seuls. C'est tout.

"Tout?"

"Je ne dérangerais pas inutilement un jeune officier plein d'avenir, revendiqué par l'Etat-Major, le Lieutenant Martin,

« Le savez-vous aussi ?

« Nous savons tout.

"Alors vous devez savoir que mon avenir radieux seraà une dalle ou un camp de concentrationou alorsn, je saisñou Horsmeyer. C'est le sort de tous les Allemands. Nous sommesàn écrasement. On ne dépassera pas 1945, même pas le premier semestre, tu le sais. Ou la Gestapo l'ignore-t-elle ? Nous sommes au bord de la défaite, du désastre. Et vous êtes déterminé à tuer des Allemands au lieu de le faire avec des Américains, des Anglais ou des Russes.

Horsmeyer a accusé le coup. Il pinça les lèvres avec colère. Il se redressa d'irritation et répondit avec virulence :

« Arrêtez de lancer des accusations dangereuses et des insinuations défaitistes, Lieutenant, et parlons une fois pour toutes. Qui parmi ses camarades de la division « Panzer 21 » a parlé ainsi, se disant coupable de trahison envers le Reich ?

« Je peux vous dire que je n'en ai aucune idée. Je ne sais pas.

« Je mentirais. Je n'allais pas vous croire, lieutenant Martin. La personne est connue.

« Et si je lui dis que je sais... mais que je ne le révélerai jamais ?

« Il s'avérerait aussi peu intelligent que son ami Ludwig. On fait parler tout le monde.

"" Karl, dis-le... Parle si tu sais," implora Roszy. Ne vous emballez pas là-bas...

« Quelle douleur attend le coupable ? - demanda calmement, froidement, Karl Martin.

« Celui de la mort, bien sûr. Fusillade pour trahison et subversion du Führer.

"Eh bien. C'est à quel point je voulais savoir" il pinça les lèvres, prit une profonde inspiration, expulsant le souffle d'air il laissa échapper sa révélation" : C'est moi, M. Horsmeyer. contre toute la pourriture et la charogne qui nous entourent et qui nous font tomber bêtement et cruellement devant les alliés.

« Lieutenant Martin ! » Hurla Horsmeyer, livide. Vous rendez-vous compte de ce que vous dites ?

« Je répète ce que j'ai déjà dit mille fois : vous avez assassiné Rommel. Vous ne voulez pas d'une armée puissante et loyale, ni de militaires nobles, ni de dignité humaine. Vous, sales nazis, ne voulez qu'une Allemagne égoïste, jetée dans l'abîme, sacrifiant n'importe qui dans l'effort...

« Lieutenant Karl Martin ! » Horsmeyer coupa, retirant rapidement un « Luger » de son trench-coat. " Au nom de " mein " Führer, faites-moi prisonnier. Il sera jugé comme traître au Reich. Donnez-moi votre arme et ne tentez rien. Une voiture de patrouille pleine de policiers m'attend en bas, et je .. Ne fais pas ça, stupide !

Il cria cela, se tournant vers Roszy qui avait soudainement mis la main dans le petit tiroir de l'armoire immédiate, en sortant un petit pistolet automatique.

Le geste du policier rusé d'Hitler n'a pas été entendu. Horsmeyer, voyant la main armée de Roszy se lever, lui tira dessus sans perdre un instant. Roszy, à son tour, a tiré aussi, alors qu'il recevait déjà la balle du "Luger" dans la poitrine, au-dessus du cœur.

3

« Roszy non ! » Karl haleta d'angoisse lorsque les deux coups se croisèrent.

Il vit frissonner la belle jeune fille, au-dessus de laquelle « je déséquilibré » le sang jaillit sur l'opulence de son sein gauche. Il a commencé à s'effondrer, tandis que Horsmeyer, qui avait tenté de tourner son arme rapidement vers l'officier, a été surpris par la balle de Roszy, qui l'a atteint à l'épaule. Il hésita, sur le point de lâcher l'arme. Karl a rapidement dégainé son propre pistolet. Il a tiré une fois, sans relâche.

Le cœur de l'homme de la Gestapo, touché de plein fouet par le projectile à bout portant, s'arrêta de fonctionner. Horsmeyer s'est effondré, frappant le mur au préalable, puis embrassant le sol.

Karl courut vers Roszy, dont le cœur s'arrêtait parfois, sans doute indirectement touché par la balle. Elle n'eut que le temps, mortellement livide, de murmurer en désignant l'arrière de la maison : ~ Cher..., fuyez... La... fenêtre... vers le patio. S'ils montent... et qu'ils vous trouvent... ils vous tueront. Laissez... les croire... que j'ai... tué ce... chien... rro... "

Il était en train de mourir. Karl entendit le roulement de bottes dans la rue, des voix rauques, des pas rapides dans l'escalier. Il n'hésita plus. Il se pencha. Il embrassa les lèvres de Roszy, qui s'était sacrifiée pour lui. Il marmonna d'une voix rauque :

« Un jour... je retournerai à Göttingen... et je te chercherai pour te remercier pour tout, Roszy...

« Vite ! Cherche-moi alors... dans le ciment... Karl... !

Elle haletait désespérément. Elle se raidit. Karl la relâcha doucement, un autre baiser sur les lèvres. Le dernier. Roszy était mort. Le jeune officier rengaina son arme, attrapa sa cape et sa casquette et courut vers l'arrière. Peu de temps après, on frappa à la porte de l'appartement.

Karl entra dans la cuisine, jeta un coup d'œil dans le patio sombre et vit la gouttière ondulée qui disparaissait dans les hauteurs de la cabine, sentant la friture et les ordures. Rapidement, il sortit sur le rebord de la fenêtre. Il commença à gravir le caniveau. Il était vrai qu'il avait des encoches ou des empreintes pour grimper avec une certaine aisance.

Chez Roszy, il n'y avait aucune trace de l'homme qui a passé la nuit avec elle. La police serait lente à supposer qu'il y avait une troisième personne dans le drame. Et même alors, si Horsmeyer avait agi comme tous les officiers de la police secrète d'État, personne d'autre que lui ne saurait qui ils cherchaient, et Karl Martin n'aurait aucun lien avec l'affaire.

Tout consistait à ce qu'il puisse s'échapper, arrivant sur le toit de l'immeuble et de là à l'immédiat, évitant la fouille des agents en uniforme aux commandes du abattu Horsmeyer...

Roszy s'était sacrifiée pour sauver sa vie. Il aurait été stupide et inutile de rester là, à côté de son cadavre, pour se laisser appréhender. Elle n'a pas pris sa décision héroïque pour ça. Il ne pouvait pas non plus le ramener à la vie en restant pour mourir inutilement.

C'est pourquoi il s'est enfui. C'est pourquoi il cherchait la voie du salut, face à une situation grotesque, hallucinatoire. Lui, soldat allemand, officier de son pays et amoureux de l'Allemagne avant tout..., a dû fuir la police de son pays, ses propres supérieurs, que de savoir qu'il était l'homme qui a tué Horsmeyer et a parlé en défense de la mémoire et de l'esprit de Rommel, il sera assassiné par les SS

Pendant ce temps, d'autre part, le lieutenant Karl Martin est sommé par le général Von Kelber de le rejoindre à Mühlhausen et de partir de là pour Berlin, capitale du IIIe Reich, menacée par l'avancée russe et quartier général de tous les chefs et grands hiérarques de le Régime.

Si quelqu'un dans l'immédiat s'associait l'un à l'autre, l'élu Martin, avec l'officier rebelle des doctrines nazies, sa vie ne vaudrait rien. Et il ne sortirait jamais vivant de Berlin.

Bien qu'en atteignant le toit, après cette succession de réflexions, Karl se soit demandé s'il y avait vraiment la moindre chance de quitter Berlin vivant, en aucune circonstance, compte tenu de la situation actuelle.

La réponse qu'il a trouvée ne pourrait pas être plus sombre...

***

Le transport militaire était un "Focke-Wolfe" qui transportait de Mühlhausen à la capitale de l'Allemagne le personnel militaire requis d'urgence par l'état-major du Führer,

Une escorte de plusieurs chasseurs, "Stukas" et "Messerschmitt", a escorté l'appareil de transport en prévision de toute attaque aérienne alliée. Les incursions en Allemagne étaient désormais constantes et, tant sur le front oriental que sur le front occidental, les troupes alliées anglo-américaines et russes avançaient dans une poigne implacable, menaçant d'étouffer enfin la fière forteresse hitlérienne, fissurée et défaillante sous l'avalanche de tirs, d'éclats d'obus , des hommes et du matériel venant des deux fronts sur les défenses peu sûres de l'Allemagne. La machine de guerre créée par Hitler se mit à hurler, rouillée et brisée par l'impact de l'adversaire sur sa structure massive.

A l'aéroport de Berlin, hérissé de canons, de batteries antiaériennes et de troupes sur le champ de bataille, il avait plu peu de temps auparavant et les flaques sur l'asphalte donnaient l'impression de quelque chose de triste et froid, reflétant le ciel gris et nuageux au-dessus de l'ancien fier allemand Capitale. Tout autour, les cratères des bombes. Et plus loin, les terribles souches dantesques des rues qui étaient la vantardise urbaine de l'Allemagne et qui n'étaient plus que ruines, décombres, murs effondrés ; un monde chaotique, bref, constamment martelé par les avions, l'artillerie lourde de toutes sortes, sous une pluie inexorable de destruction.

Karl Martin s'arrêta un instant sur les marches de l'avion, dans le dos du général von Kelber.

Plusieurs avions quittaient Berlin à ce moment-là dans une direction diamétralement opposée à la sienne.

« Où vont-ils ? » Von Kelber a demandé à un capitaine de la Luftwaffe.

"Je ne sais pas, monsieur. Ce sont de hauts chefs militaires. Ils semblent avoir des affaires importantes ailleurs en Allemagne. Et tous loin de Berlin", a-t-il conclu avec une certaine ironie dans son ton.

"Vous les rats lâches..." siffla Von Kelber, boitant ostensiblement depuis qu'il a été blessé par balle au genou droit lors de la bataille de France. "Ils commencent à abandonner le navire...

Il n'a pas ajouté "naufrage". Mais Karl était sûr qu'elle le pensait. Et comme lui, tout le monde. De toute évidence, de nombreux « gros plans » du nazisme, les chefs martiaux et grandiloquents qui prononçaient des harangues vibrantes et enflammées conçues pour garder le peuple allemand stupide et fiévreux, s'éloignaient de l'incendie au plus fort du moment. Au moins, en ce sens, un homme comme Von Kelber méritait toutes sortes de respect, qui venait à Berlin aux pires moments, avec un admirable esprit militaire et patriotique.

« À quelle distance sont les Russes, capitaine ? » Demanda le général avec un certain sens de l'humour, avant de monter dans la longue et sombre voiture blindée, une "Mercedes" avec immatriculation officielle qui les attendait devant l'aéroport.

Oui l'officier de la Luftwaffe, avec un léger froncement de sourcils sur les lèvres, se contenta de répondre, évitant le regard du général :

« Il y a une blague qui circule à Berlin, M. Al, qui demande : 'Où sont déjà les Russes ?' Ils ont fait quelques pas de plus... »

« Je comprends. Ils sont pressés, n'est-ce pas ? » Von Kelber plissa le front sous ses cheveux blancs. Il avait l'air beaucoup plus âgé que lorsqu'il venait de quitter Mühlhausen. C'était compréhensible. La vision du Berlin d'aujourd'hui vieillirait n'importe qui. Même Karl sentit un poids étrange dans le creux de son estomac et une sensation de picotement dans tout son être. Il suivit silencieusement son patron dans la « Mercedes » noire que le chauffeur Heichstag conduisit à travers le réseau pathétique et effrayant de morts, silencieux , rues défoncées de Berlin en avril 1945...

Là, le grondement des coups de canon était beaucoup plus tendu, plus angoissant dans son propre silence, dans son immobilité inhospitalière, presque comme un paysage lunaire. Drapeaux noirs, croix gammées, symboles du nazisme qui refusait d'être écrasé par l'artillerie alliée des deux fronts, flottaient encore sur des murs croulants et des immeubles fissurés, dépourvus de voisins.

Mais quelque chose était en train de mourir là-bas. Quelque chose mourait lentement et inexorablement. Avec une lenteur précurseur d'une hâte imminente, mortelle, implacable. Ce serait comme le tragique « sprint » de la mort de Berlin.

Les yeux de Karl contemplaient la fière allure de l'Alexanderplatz, la clôture ruinée de la porte de Brandebourg, la hauteur architecturale brisée du "Reichsmark" ou les grandes avenues du centre urbain, à travers un voyage dantesque et terrible, au milieu du silence de la décombres, des bâtiments démolis, dont certains fument encore. Une douleur infinie, atroce, la douleur de l'homme qui voit son pays sombrer à cause de ceux qui ont voulu le rendre grand, a atteint le plus profond de son être.

« Pauvre Berlin, murmura-t-il. Pauvre Berlin...

Le général von Kelber se tourna pour le regarder avec sympathie. Il acquiesca:

– Oui, mon cher lieutenant. Pauvre Berlin... et pauvres de nous tous si les Russes ne sont pas contenus dans l'Oder...

D'après la façon dont il le dit, Karl devina que les espoirs du général à cet égard n'étaient pas vraiment grands. Derrière les vitres de la Mercedes, les ruines, la désolation, la destruction et le chaos continuaient de défiler.

— Voilà, dit soudain Von Kelber. La Chancellerie de Berlin, refuge du grand dictateur allemand, siège du Troisième Reich.

Il n'y avait plus rien de fier ou d'intrépide dans ce bâtiment. Il a été brisé, déchiré par les bombes et les obus d'artillerie. Les obusiers avaient fait de nombreux impacts sur ses murs et ses fenêtres, brisant tout, laissant ses murs transformés en tamis de pierre, des trous noirs, sombres, comme des yeux de crâne.

Pratiquement, la Chancellerie d'Adolf Hitler et son Etat-Major... n'existaient pas.

"Cieux!" Karl haleta. Et le Führer ? Où se trouve? Que s'est-il passé là-bas ?

Le général von Kelber soupira, joignant apathiquement les mains sur son ventre bombé. Il a déclaré, brièvement, pas optimiste:

« Qu'est-ce qui s'est passé partout, lieutenant Martin. Nous coulons. On coule inévitablement.

Des escouades rigidement formées traversaient la voiture. Ils portaient des casques en acier, des fusils, des mitrailleurs et des uniformes de milice. Mais ce n'étaient pas des hommes. Juste des garçons. Abasourdi, Karl réalisa qu'il n'en aurait plus au-delà de quinze ans. Ils chantaient des hymnes hitlériens, fiévreux et fanatiques, comme s'il s'agissait d'une promenade dominicale ou d'un jeu. Karl Martin frémit, ferma les yeux en sentant ses lèvres et sa gorge se dessécher à la pensée du sort de ces enfants, face à une armée puissante et redoutable comme la Russe.

Il ne commentait pas par peur de s'exalter, par peur de trop parler. Mais Von Kelber l'a fait à la place, remuant son chef militaire de carrière noble aux cheveux gris avec un abattement tragique, détournant son regard des groupes de jeunesse hitlérienne, qui se dirigeaient avec confiance vers les ponts de la ville pour la protéger de l'inévitable. .

"Mon Dieu..." murmura Von Kelber. " OMG on est tous fous...

***

La Chancellerie était pratiquement déserte.

Il y avait des groupes de soldats armés, des pièces d'artillerie et des sortes de patrouilles équipées de mitrailleuses couvrant les rues environnantes et les ruines mêmes de la Chancellerie du Reich.

Von Kelber et son petit groupe d'assistants se sont rendus dans les jardins de la chancellerie, où une patrouille de soldats avec bonnets, casques d'acier et mitrailleuse, les a arrêtés et leur a demandé leurs lettres de créance, se présentant à un officier SS (la garde choisie par le Führer, sous le commandement direct de Heinrich Himmler), qui à son tour disparut par une mystérieuse porte métallique, située au bas d'un mur fissuré par les bombes larguées en avalanche sur le refuge du chef suprême de l'Allemagne nazie.

Von Kelber attendait, tapotant avec impatience le sol humide du jardin de la Chancellerie, désormais gris et délaissé, parsemé de gravats, d'éclats d'obus, de poussière et de stuc.

Lorsque l'officier SS réapparut, il fit un salut raide et donna un ordre aux soldats de service :

"Entrez. Le Führer autorise votre accès au 'bunker'.

Le "bunker"...

Karl Martin commença alors à comprendre. Il apprit l'état actuel terrible et angoissé du « Reichstag » nazi.

Enterré vivant. Caché, accroupi comme des rats dans le métro berlinois. Son dernier, son dernier refuge pathétique et étonnant sous les ruines de la grande capitale allemande. Dans un "bunker". Dans un sous-sol sécurisé, un abri antiaérien anti-bombes, artillerie ; à l'abri du martèlement féroce et impitoyable qui est tombé sur Berlin aux mains des armées soviétiques.

Sa haine s'est presque transformée en pitié, compassion pour ces surhommes, réduits à la condition déplorable et angoissante de réfugiés, de combattants harcelés, pathétiques d'un "système" qui s'effondrait parfois, dans un holocauste tragique, porté à son dernier extrême par l'obstination d'un fou qui ne voulait pas céder, qui ne voulait pas se rendre ou admettre sa défaite, sa terrible défaite.

Il ne voulait pas les plaindre, il ne voulait pas plaindre ceux qui étaient coupables de choses comme la mort du bon vieux Ludwig Strauss, le brasseur de Göttingen, qui a dû mourir moralement bien avant d'être touché par la balle du Homme de la Gestapo, lorsqu'il découvrit la froide bassesse d'un fils élevé par un système inhumain, rigide et cruel. De choses comme la fin de la malheureuse Roszy Polman, une bonne fille dont le seul crime était d'aimer et de vouloir être aimée dans un monde qui semblait avoir oublié sa capacité affective, de se lancer dans un désir convulsif et débridé de haine et de mort .

Mais malgré cela, lorsque la porte du « bunker » du Führer s'ouvrit devant eux comme un rideau de fer rigide et terrible qui ouvrit les portes d'un « au-delà » hallucinant et rassis, sous le sol de Berlin, Vers des catacombes glaciales et terrifiantes d'où on ne pouvait pas sortir vivant, Karl Martin se sentit de nouveau désolé. Chagrin pour tous ces hommes pâles et nerveux, sans voix et sombres, qui l'entouraient dans un véritable coven de visages fantomatiques, de figures insaisissables et incertaines...

Puis les portes du refuge du Führer et de son état-major se refermèrent derrière von Kelber, Martin et les autres du petit entourage, les isolant, peut-être pour toujours, du Berlin en plein air, du jardin gris et abandonné, du monde tendu et saignant . de l'extérieur, qui était comme un cauchemar d'un million de tonnes, écrasant le bunker de Berlin secrètement destiné à Adolf Hitler.

***

La forteresse souterraine était indicible.

Il faudrait avoir été là, tout contempler, depuis ses portes hermétiques en métal blindé, jusqu'aux chambres privées d'Hitler, d'Eva Braun, de Goebbels et de leur famille ; de serveurs, secrétaires, personnels militaires de son Etat-Major, cuisines, sanitaires, sanitaires, bureaux et salles de travail ; logement pour les troupes de garde, téléphones, électricité et eau, trousse de premiers soins et salle médicale; escalier menant à l'extérieur, fermé par de nouvelles portes, une sortie avec escalier, menant également au jardin de la Chancellerie » et utilisé par Von Kelber et Karl Martin à leur entrée dans l'étonnant « bunker », composé de deux étages ou étages , et une authentique forteresse souterraine, forteresse suprême d'Hitler face à l'ennemi qui approchait de Berlin, le cœur de l'Allemagne nazie, au bord de l'effondrement définitif.

Dans ce monde intérieur étonnant et époustouflant créé par le génie clairvoyant du Führer pour une situation désespérée comme celle-là, Karl savait qu'il allait entrer et ne jamais partir jusqu'à ce que tout soit fini. D'une façon ou d'une autre ...

C'était comme entrer dans une ville fabuleuse, un monde mythique enfoui d'où tout contact avec la surface serait carrément éliminé dès que les Russes atteindraient les portes de Berlin. Ce qui, pratiquement, se produisait déjà.

Quelque chose qui, quelques jours plus tard, alors que Karl Martin était déjà adapté à la vie intérieure angoissante et quelque peu dense du "Führer-bunker" de Berlin, s'est confirmé avec des personnages vraiment tragiques et peu attrayants. ..

***

Le 16 avril avait été une mauvaise journée pour le Führer et son état-major, enfermés dans la tombe vivante du « bunker ». C'est alors que la grande offensive soviétique dans l'Oder est connue, la 19e armée allemande résiste désespérément, tandis que le front de la Neisse s'effondre, tandis que les 2e et 4e armées soviétiques font irruption avec une attaque massive vraiment impressionnante.

C'était le 16 également le jour de la proclamation d'Hitler, rédigée conjointement avec Goebbels.

Quarante-huit heures après cette injection vibrante et encourageante de la plume d'Hitler, tout s'écroulait.

Une nouvelle attaque russe sur l'Oder déchira la 9e armée allemande, la repoussant et ouvrant des brèches bruyantes dans ses rangs. Et contrairement à ce que supposait Hitler, les Soviétiques ne sont pas passés à l'offensive sur Prague...

« Ils arrivent à Berlin !

La nouvelle s'est répandue comme une traînée de poudre dans le dédale de couloirs, de chambres et de logements du «Führer-bunker». Un naïf demanda :

Qui vient à Berlin ?

"Les Russes, stupide !" A répondu un officier, un vétéran de la "Wehrmacht", avec une expression de colère ". Le Führer a exprimé sa théorie selon laquelle ils attaqueraient Prague. Maintenant, nous savons qu'il avait tort, Ils viennent ici...

Les dernières nouvelles parvenues au bunker étaient encore moins encourageantes :

« Débordées par la 4e armée allemande, située à l'arrière de la 9e armée, les troupes de Zukhov avancent vers Berlin par le nord, essayant de rejoindre les colonnes blindées du maréchal Konjev, qui se déplace par le sud, vers Berlin, rencontrant pratiquement sans résistance certains..."

Traversant l'Elbe, les troupes américaines traversent rapidement l'Allemagne, essayant de rejoindre les forces soviétiques. Göttingen, Auschwitz et Buchenwald et Jenna, sont déjà tombés aux mains des Anglo-Américains les jours précédents, après une résistance héroïque de leurs défenseurs. "

"Et cela se passe deux jours avant l'anniversaire de" mein "Führer..." était le commentaire triste et sombre du général Von Kelber, lorsqu'il a appris la mauvaise nouvelle.

Karl le regarda s'éloigner vers les quartiers des commandants militaires rassemblés dans le "bunker", sans ajouter un mot à son commentaire sur la date approchante de l'anniversaire d'Hitler, qui ne pouvait être entourée de présages plus sombres et plus tristes,

Karl Martin fit quelques pas, les mains derrière le dos, les sourcils froncés. Il n'avait pas encore vu personnellement le Führer. Il s'enferme dans ses quartiers, proches de ceux de sa fidèle compagne et assistante Eva Braun. Là-bas, ce sont eux, les officiers et les chefs, qui ont vécu les moments tendus, agités, irritants du chaos allemand.

Karl n'avait même pas beaucoup de contacts avec les patrons. D'autres officiers, voués comme lui à la tâche d'écriture de pièces, de liaisons téléphoniques et radio avec l'extérieur, de contrôle de la vie intérieure du « bunker » et d'autres occupations essentielles dans une petite ville souterraine complètement isolée de l'extérieur, étaient ceux qui vivaient ensemble Directement et constamment avec Karl, ainsi que les services domestiques du «bunker», dépendant des ordres des officiers de service pour les affaires mineures.

En effet, le lieutenant Karl Martin était de service le 18, en début d'après-midi, lorsque des rapports pessimistes du front pleuvent sur la radio du bunker. Puis la porte hermétique d'accès aux métros s'ouvrit, peut-être pour accueillir une dernière fois quelqu'un à l'intérieur, déjà isolé de manière presque absolue.

"Quatre officiers SS et trois nouveaux serviteurs arrivent pour les chambres des chefs et lieutenants du Führer", l'informe le colonel Fritz Wolkse, chargé de contrôler tous les services domestiques et secondaires du "bunker".

"Eh bien monsieur," acquiesça Karl, avec un salut raide. Je m'occuperai de les loger et que tout soit en ordre après leur entrée dans le bunker.

"Oui, lieutenant, occupez-vous de tout cela" demanda le colonel en soupirant. J'ai trop d'autres choses à régler.

Karl hocha la tête, avec un autre salut. Ainsi, cette soirée a vu l'entrée dans l'abri souterrain de sept personnes. Quatre officiers SS, dont deux blessés par des éclats d'obus, qui se sont rendus à l'infirmerie. Et trois serviteurs, dont un homme et deux femmes. Ils étaient destinés au service des serveurs, des patrons, à l'étage inférieur du « bunker », destiné au Führer et à ses serviteurs les plus directs.

Karl partit à sept heures, vérifiant ses papiers au préalable. je ne pouvais pasjeencore prendre des risques là-dedans. Tous ceux qui entraient dans le « bunker » devaient prouver leur loyauté envers le Troisième Reich. Karl pensa, avec une ironie amère, que s'ils savaient qui était Karl Martin, s'ils imaginaient que ce jeune officier avait abattu un agent de la Gestapo et défendu la mémoire d'Erwin Rommel, accusant Hitler de sa mort, ils ne seraient pas précisément là en ce moment...

Ce fut au tour des trois serviteurs. Il parcourut rapidement le rouleau :

Horst Frübeck, Hilde Stragg... et Erika..., Erika Polman.

Il répéta tout bas :

"" Erika Polman... "

Elle leva les yeux, le regardant étrangement. L'un des officiers SS, des deux indemnes, tourna également la tête, intrigué par son intonation.

"Oui, je le suis, Lieutenant" répondit-elle sèchement. Est-ce que quelque chose ne va pas avec mes informations d'identification?

"Non, non," nia Karl avec hésitation. Elle se leva solennellement, retrouvant sa sérénité « Tout est en ordre. Vas-y. Fermez les portes d'accès !

le gardiens armé de les couloirs extérieurs mis en service le système hydraulique qui fermait hermétiquement les entrées et sorties du « bunker ». Le grondement de l'artillerie et des bombardements, comme une ceinture autour de Berlin, leur parvint le plus clairement dans les moments où l'accès à l'abri souterrain restait ouvert.

Erika Polman rassemblait ses documents, mais elle ne put s'empêcher de jeter un coup d'œil curieux à Karl. Il la regarda à son tour. Elle a souri. Elle était blonde, grande et bien bâtie. Ses yeux étaient un peu plus sombres que Roszy. Et plus de distinction dans son air.

« On se connaît, lieutenant ? s'enquit-il.

"Je ne pense pas", a nié Karl. J'étais juste... surpris par son nom.

"Pourquoi ?

« Ils m'ont parlé une fois d'une Erika Polman qui vivait à Berlin.

« Oui ? Qui lui a parlé ?

« Une autre femme » sourit Karl en haussant les épaules. "Je suppose qu'elle n'est pas la même. Ce serait trop... coïncidence.

« Le monde est plein de coïncidences, lieutenant. Surtout pendant une guerre. Avez-vous déjà entendu parler de ce père qui, dans les tranchées, avançant à la baïonnette sur l'ennemi, s'est retrouvé nez à nez avec son fils, né dans un autre pays et soldat des contraires ?

"Oui j'ai entendu." Karl sourit. " L'Erika Polman dont on m'a parlé... vivait dans la Friedrichstrasse à Berlin.

Erika frissonna imperceptiblement.

« J'ai vécu dans la Friedrichstrasse... jusqu'à ce que les bombes anglaises coulent le bâtiment », dit-il laconiquement, la lèvre inférieure tremblante.

"Cieux...

« Qui vous a parlé de moi, lieutenant ? Cette femme, peut-être... ?

"Roszy.

"Ouais" Erika inclina la tête. Puis il la releva, les yeux froids, et déclara d'un ton glacial : « Il a dû la rencontrer à Göttingen, non ?

"Oui.

« Comme tous les soldats la connaissaient, n'est-ce pas ?

"Eh bien, je..." Karl cligna des yeux, désagréablement surpris. La beauté sereine d'Erika était troublée par un air de dureté, voire de mépris ». Oui, on peut donc le dire. Mais c'est dur pour elle...

"C'est la vérité. C'était toujours petit, scrupuleux.

Oui la guerre a fait le reste.

— Elle a beaucoup parlé de toi, Erika.

« Il ne faisait que ce qu'il devait. J'ai toujours été très différente d'elle, ne me juge pas comme Roszy.

« Je ne l'ai pas encore essayée. Mais je commence à le faire et vous perdez dans la comparaison.

"Je ne dirais pas cela si je savais que Roszy est décédée ... après avoir mortellement blessé un agent de la police secrète d'État", a déclaré durement Erika. « Dieu sait quelle sale affaire mon petit cousin serait en train de faire !

Karl était surpris. Maintenant, il utilisa cette surprise pour donner un ton simulé de regret et d'étonnement. sa voix:

"Roszy morte ! Ce n'est pas possible !... Quand j'ai quitté Göttingen... j'étais pleine de vie.

— Eh bien, ça n'existe plus, lieutenant. Et le monde n'a rien perdu avec ça », a déclaré Erika Polman, le timbre de sa voix figé.

Il dépassa Karl, marchant avec le reste du service dans le bunker. Il s'appuya contre le mur, se demandant comment Erika pouvait parler de son cousin décédé comme ça.

"Toujours surpris, Lieutenant ? -" demanda une voix douce à côté de lui...

Il leva la tête. L'officier SS était à côté de lui. Martial, serré, arrogant et froid. Une mèche blonde balaya son large front. Il avait des verts glacials qui fixaient très intensément, et sa bouche était charnue, ferme, avec un rictus convulsif, qui faisait ressortir la dureté de ses coins faciaux dans ses mâchoires. Était jeune.

"Oui, je suis surpris", a avoué Karl ", c'est une grande coïncidence de rencontrer deux femmes apparentées, sans les chercher. Et c'est terrible de savoir que l'une d'entre elles est décédée... en train de commettre apparemment une trahison de son pays.

« Je vous comprends, lieutenant. Permettez-moi de me présenter. Je suis le lieutenant Helmut Wagner, des SS. Bien que vous le sachiez déjà, en prenant l'appel. Et toi?

« Lieutenant Karl Martin... de la division 'Panzer Twenty-One'.

"" Panzer " Division ? " L'interlocuteur haussa ses sourcils dorés. « Fidèle à Rommel, lieutenant ?

— Nous l'avons toujours été, lieutenant Wagner. Fidèle à Rommel, à l'Allemagne, au 'Führer. Comme toi.

« D'une certaine manière, comme moi. Mais je n'ai jamais admiré son quarterback, Martin. Et ne vous en offusquez pas.

« Pourquoi devrais-je être offensé ? » Karl maîtrisa son irritation. Voudriez-vous, si je vous disais que je n'ai jamais admiré Himmler ?

Celui des SS a accusé l'ironie du coup d'État. Il se redressa, sévère, le regardant avec une froideur manifeste. Karl remarqua qu'il faisait un gros effort pour se retenir et continuer la conversation amicalement,

« Ce n'est pas pareil, lieutenant Martin.

« Pourquoi pas, lieutenant Wagner ? Karl sourit étroitement.

"Eh bien, n'en parlons pas", soupira Wagner. N'oubliez pas que Rommel est mort ... et que Heinrich Himmler est toujours en vie, et est également un homme de confiance de notre Führer, lieutenant. Ce n'est pas pareil, n'est-ce pas ?

Il s'inclina sans perdre sa raideur, donna un claquement martial de talons et s'éloigna en se retournant brusquement et en disant au revoir :

« Ce fut un plaisir de vous rencontrer, lieutenant Martin.

J'espère que nous sommes de bons amis ... "Heil Hitler!"

« Heil Hitler ! » répondit Karl, sans conviction, et ne croyant pas un seul mot du dernier mot prononcé par l'officier SS Helmut Wagner.

Non, il ne pensait pas que lui et Wagner étaient de très bons amis. C'était le militaire SS typique, formé dans l'école sombre et sinistre de Himmler et du nazisme intolérant.

De toute évidence, il ne pouvait s'attendre à autre chose là-dedans. C'était le nid des grands oiseaux, des fidèles au Reich, des fanatiques et des convaincus. Il ne s'agissait pas seulement de Wagner et d'autres comme lui. Erika Polman était un exemple vivant du genre de compatriotes là-bas. Il ne pouvait pas demander l'équanimité, la compréhension ou la tiédeur. Tout était chaud et froid à la fois. Fanatisme ardent, rigidité glaciale. Le fantôme nazi dans ce « bunker » était quelque chose de plus qu'un fantôme : c'était la réalité, la clique fermée, tenace et inébranlable de ceux qui étaient fidèles à une idée qui s'effondrait dramatiquement là-bas, au milieu des ruines, des tranchées brisées et des champs pleins de cadavres. .

Lentement, Karl Martin retourna lui aussi à l'intérieur du « bunker » sentant au-dessus de sa tête les frissons faibles, mais de plus en plus intenses au fur et à mesure que les heures et les jours passaient, du sol berlinois.

« Nous vivons toujours », murmura Karl.

4

C'était la première fois qu'elle le voyait personnellement.

C'était son anniversaire. Et le Führer a rassemblé dans le « bunker » tous les hauts chefs militaires qui ont résisté à Berlin au harcèlement de l'artillerie et de l'aviation russes.

Le 20 avril 1945, l'homme suprême du Troisième Reich fêtait son anniversaire. Karl Martin n'a jamais pu le voir avant maintenant.

Lorsque son regard tomba sur Hitler dans la salle des cartes spacieuse, une grande partie de l'animosité instinctive de Karl envers son Führer s'apaisa soudainement.

Il a commencé à ressentir quelque chose de différent. C'était peut-être dommage...

Dommage pour cet homme, ce titan fou, toujours fier, toujours supérieur et agrandi par les concepts mêmes de ses discours vibrants et fougueux. C'est ainsi qu'il le lui rappela.

Maintenant, voyant cet homme rétréci, hésitant, aux cheveux grisonnants, au visage hagard, aux yeux irrités, dont l'un avait un tic nerveux sur la paupière, et marchant d'un pas chancelant, traînant son pied gauche en marchant, Karl commença à éprouver une profonde compassion pour lui. . C'était comme assister à la lente et douloureuse agonie d'un être humain qui, avec tous ses défauts, était maintenant écrasé sous le poids de terribles responsabilités, ravagé par l'impact d'une défaite qui a aigri sa vie, déjà maigre et hagarde.

C'était le même Adolf Hitler que le monde en est venu à craindre et à haïr, depuis l'invasion de la Pologne, en 1939. C'était le surhomme, invraisemblablement annihilé par la nervosité, la tension, le manque de sommeil naturel, l'action des sédatifs. Hypnotique, la sombre déception des nouvelles du front et son isolement forcé actuel dans ce refuge souterrain sous les murs fêlés de la Chancellerie.

« Heureux cinquante-six ans », mein « Führer » Karl entendit parler Hermann Goering, chef de la « Luftwaffe » et maréchal du Reich.

La réponse d'Hitler se perd dans le murmure des voix des plus hauts dirigeants du Reich, rassemblées autour de la personnalité encore magnétique du Führer.

Karl s'éloigna de la Table spécialement destinée aux hauts dirigeants, Hitler et Eva Braun. Le café et le champagne se mirent à couler. Le dîner était terminé et. Bien que tout semblait lumineux dans cette pièce et que toutes les pièces du "bunker" célébraient la fête en renversant bruyamment alcool et nourriture à la date solennelle, il y avait quelque chose d'affreux, d'étouffant, dans ces hommes et ces femmes aux visages hagards, aux yeux inquiets et rougis. , de gestes nerveux et agités.

Karl quitta la salle des cartes, laissant derrière lui l'agitation artificielle du Führer et de sa clique personnelle directe. Des gardes SS escortaient Hitler, même au milieu de ses sbires. Karl découvrit Helmut Wagner parmi ce garde, rigide et inflexible, qui gardait la porte de la chambre.

« Bonne journée, lieutenant Martin », lui souhaita-t-il en passant. Avez-vous déjà trinqué à la santé et au triomphe final de notre Führer ?

Il semblait contenir une ironie cachée que Karl n'aimait pas. Il jeta un coup d'œil à son compagnon d'armes et répondit sèchement :

"Sje, déjà fait. Et maintenant je vais continueretndolo. Boire du champagneña, on arrive même à oublier dou alorsoù se trouveà et imaginez même que ces booms là-basà à l'extérieur ne sont pas cañOnazos russes, mais feu d'artifice en l'honneur de la Fou alorshrer ...

Il s'éloigna sans en rajouter. D'un ton moqueur, Wagner le congédia :

« Amusez-vous bien, Lieutenant Martin ! Les filles de service sont très gaies et généreuses ce soir. Vous ferez une fête avec elles, vous verrez... Mais gardez-m'en un peu pour quand je quitterai ce poste dans une heure et vous rencontrerai.

Karl ne répondit plus. Mais quand il est arrivé aux salles de service, il a constaté que Wagner avait raison. Les filles qui servaient de serveuses et autres services auxiliaires, domestiques ou officiels, à l'intérieur du bunker, étaient bien changées cette nuit-là, Le champagne, la joie fictive de la fête, et peut-être un peu de détente dans la tension habituelle, elles avaient provoqué le miracle . Ils ont tous ri, chanté ou exhibé leurs chants physiques, sautant sur les tables puis se jetant dans les bras des officiers et responsables du « bunker ».

Sans se rendre compte de ce qui se passait, Karl tomba sur l'une de ces femmes.

« Bonsoir, beau lieutenant ! hurla la femme, en qui elle reconnut l'opulente rousse Hilde Stragg, la servante de la Chancellerie qui entra dans le bunker le même jour que le lieutenant Wagner et Erika Polman.

"Ça suffit, ça suffit !" Karl protesta, la repoussant de son mieux et la laissant tomber dans les bras d'un autre officier, qui l'accueillit avec joie.

Le lieutenant se leva, essuya la poussière et les taches de champagne que la folle Hilde avait renversées sur lui, et regarda autour de lui l'orgie fiévreuse d'hommes et de femmes dans le bunker.

Il ne voyait nulle part où il regardait, Erika Polman.

Erika devait être absente de l'endroit, peut-être parce qu'elle n'aimait pas ce genre de fête ou, peut-être, parce que des travaux de service l'en empêchaient. Karl ne savait pas la raison précise pour laquelle il cherchait Erika avec tant d'insistance : peut-être parce que le cousin de Roszy s'était comporté d'une manière étrange et violente vis-à-vis de Roszy, ce qui n'était pas justifié, peu importe à quel point les deux femmes étaient amies. , après la mort dramatique de Roszy Polman à Göttingen.

Il parcourt diverses salles où le champagne coule à flots, des marches militaires sont chantées ou des chants mélancoliques qui parlent de paix, d'amour et de temps heureux. On aurait dit qu'il visitait les bureaux d'une chancellerie en temps normal et victorieux, sans le danger latent des bombes et obus russes sur la ville, sans la nouvelle dévastatrice d'un effondrement allemand sur tous les fronts et des approches de la capitale autrefois superbe. . du Reich...

C'était faux, oui. Mais parfois, la fausse atmosphère pouvait être étonnamment bien imitée. Comme maintenant.

Soudain, il la trouva.

Il s'arrêta au seuil de la porte qui menait aux salles des serveurs. Erika releva la tête. Il avait toujours la coupe de champagne à la main. Le liquide doré bouillonnait dans le récipient, apparemment intact. Elle le regarda : au-dessus du niveau clair du liquide mousseux.

« Où avez-vous laissé votre verre, lieutenant ? demanda-t-elle, un peu renfrognée.

"Je n'en porte pas, Erika-" répondit Karl.

"Pourquoi ? Non bébé ?

"Parfois. Je n'aime pas beaucoup le champagne. Et je suis presque content. Là-bas, les gens perdent même la notion de décence et de dignité.

"¿Quoiet buvez-vous régulièrement? ¿Tet? Il existe des stocks pour "mein" Führer. Il est rare, mais je ne pense pas qu'ils me tireront dessus si je lui verse une tasse...

""Non merci. Je ne veux pas de thé non plus. Si vous avez de la bière...

"De la bière... Oh bien sûr. Il y a tout ce que vous voulez. Là, vous avez des canettes, Choisissez des bouteilles, Lieutenant. Mais vous devriez boire du champagne.

"Crois-tu?" Dit Karl sèchement en ramassant une bouteille qu'il ouvrit violemment sur le bord d'une table en métal fixée au mur. Il a pris un verre.

"C'est l'anniversaire du Führer !" Elle le regarda avec hauteur. « Cela ne vaut-il pas la peine de célébrer ?

« Je lui demanderais. Il est possible que je vous ai donné une réponse plus précise,

« Vous êtes en train de célébrer, n'est-ce pas ? Erika but une gorgée de champagne. Il ne bougea pas de son siège, au bord du lit qu'elle occupait dans les quartiers de service ». C'est ce qui compte. Prenez-le comme la réponse d'Hitler.

« Cette fête me rappelle celles qui sont célébrées après les funérailles, en cadeau aux participants. Tout sent l'enterrement ici, Erika. A mort...

"Décès!"elle a frémiou alors. Ses yeux, en le regardant, étaient grands, bleu foncé, presque indigo. Karl aurait pu jurer qu'ils reflétaient la peur. « De quoi parlez-vous, lieutenant ? Qui va mourir ?

"Toutes les personnes.

"Toutes les personnes!

"Tout le monde, Erika" Karl avança lentement. Ses bottes en cuir verni, luisantes pendant ces vacances dans le « bunker », grinçaient alors qu'il se déplaçait dans la pièce. "Nous sommes tous morts."

"Tais-toi!" Le verre trembla dans sa main et elle renversa du champagne sur ses bas de soie, nus jusqu'au-dessus des genoux.

" Peu importe que je me taise ou pas. Savez-vous ce que c'est. Nous vivons une mascarade, un effort tragique pour rester en vie. Mais ce très..."Il a souligné les plafonds de béton gris froid, les lumières bleues froides et brutes, les murs nus, le style fonctionnel rigide des meubles essentiels, la simplicité spartiate de tout ce qui les entourait", cette chose même, Erika, est comme une tombe . Nous vivons dans des niches, dans un monde cauchemardesque, sentant la tombe, le cimetière, le cercueil sur le point de se refermer enfin sur nous.

"Oh non non!" Elle gémit. j'allais boire ; Du coup elle sembla se raviser et jeta le verre à Karl en hurlant, brisé " : Continuez à digérer vos maudits pessimismes, mais ne les inculquez pas aux autres ! Nous réussirons ! Nous triompherons aux côtés du Führer !

Il sortit de la pièce en trombe alors que le verre se brisa aux pieds de Karl, qui ne bougea pas du tout. La jeune fille disparut dans le couloir, vers l'endroit où se déroulait la bruyante fête des officiers nazis.

Karl est partiou alors tomber lentement dans un siège également rencontréàlico. Le regard perdu en l'air, il continuaou alors buvant de courtes gorgées de bière et murmura, très lentement, comme s'il exposait tranquillement ses propres pensées :

"Mort... Nous sommes tous morts, et dans nos tombes...

Oui Comme toiEn contraste grotesque à sa lente affirmation venaient les rires aigus, le tintement des verres, les chants et les cris des pièces immédiates, auxquels il retournait lui aussi très lentement, entre indifférent et fatigué. Fatigué de beaucoup de choses; comme la plupart des êtres rassemblés là, dans le sous-sol de Berlin...

***

Berlin peut être complètement encerclée en quelques heures, 'mein' Führer. Pourquoi ne pas quitter la Chancellerie et s'installer à Berchtesgaden, pour continuer à diriger l'Allemagne ?

« Je ne quitterai jamais Berlin. Ce que tu dis est absurde ! "Le Führer a répondu à ses généraux Keitel, Krebs, Jodl et autres, parmi lesquels se trouvait Von Kelber." Les Russes apporteront la plus sanglante des défaites devant les portes imprenables de Berlin, Ensuite, nous écraserons les Alliés à la mer...

L'assurance d'Hitler de sa prétention fantastique a fasciné tout le monde. Malgré le fait qu'ils étaient des vétérans de l'armée, qui connaissaient l'inévitable chaos qu'ils étaient déjà condamnés, pendant quelques instants, le magnétisme surhumain du dictateur allemand a fait des ravages sur eux et les a submergés. Comme si cela pouvait vraiment arriver. Seul Hermann Goering s'est permis d'en douter et d'insister pour que Hitler soit absent de Berlin. Le Führer répondit furieusement.

Avant la fin de la nuit de l'anniversaire d'Adolf Hitler, Goering partit dans sa "Mercedes" blindée pour la Bavière, suivi d'une grande escorte et de véhicules dans lesquels il transportait son énorme trésor. Il ne serait pas sauvé, mais cela lui était encore inconnu, lorsqu'il s'enfuit, comme un autre rat qui quittait le navire qui allait couler...

« Pour le pire, si cela devait arriver, dira plus tard Hitler, il nomma Doenitz commandant en chef de la zone Nord, et le maréchal Kesseling pour la zone Sud. Ainsi, si l'Allemagne se scinde en deux zones, il y aura leadership dans les deux... Je resterai où je veux.

"Oui, 'mein' Führer", a déclaré Goebbels avec enthousiasme, qui a soutenu sa position inattaquable de continuer dans la capitale du Reich jusqu'à la fin.

Les conversations ont été interrompues lorsque quelque chose a ronflé bruyamment au-dessus du "bunker" et, tout près, au-dessus de leurs têtes, d'énormes booms ont commencé à retentir qui ont fait osciller les lumières de l'abri et ont suscité l'inquiétude et la peur chez les personnes présentes à la pitoyable fête d'anniversaire du 'Fürhrerbunker'...

« Des bombes... Des bombes russes sur Berlin. L'aviation rouge est déjà aux portes mêmes de la ville ", a déclaré Von Kelber d'une voix rauque, fixant le plafond de béton avec une expression de tension " Mon Dieu, je pense que la fin se rapproche ...

Mais ça, Hitler n'a pas entendu. S'il l'avait entendu, il ne l'aurait pas admis non plus. Pour lui, la victoire était encore allemande. Même Karl Martin, lorsqu'il entendit commenter deux officiers à moitié ivres, n'eut d'autre choix que d'admirer Hitler. À son avis, un homme capable de penser ainsi dans de telles circonstances était digne d'admiration.

Pendant tout ce temps, l'aviation russe a continué à écraser Berlin. Des éventails rouges, de feu violent, bondissaient dans ses rues. De nouveaux décombres s'entassaient, au milieu d'un arpent enfumé, j'entrais dans la poussière qui s'assombrit la nuit du 20 au 21 avril 1945...

Sous ce trottoir, des hommes tremblaient aussi. Avec peu d'espoir, sans foi en rien ni en personne...

***

Erika reposa sa nouvelle coupe de champagne. Il n'aimait pas boire. Elle ne voulait pas s'enivrer comme ces secrétaires, serveuses et servantes du « bunker » qui se roulaient maintenant par terre, ivres, chantonnant et se laissant embrasser par des officiers aussi ivres qu'eux.

Il se retire lentement du spectacle. On a dit que Pompéi devait ressembler à ça en citant la lave du volcan roulé sur elle, en punition de ses péchés. Il frissonna, repoussant l'idée.

« Je n'ai pas à les juger tous, » marmonna-t-il. Nous ne devons juger personne pour ses actions en ce moment. Ils sont fous, ils deviennent tous fous, dans un endroit comme celui-ci, avec l'ennemi dehors... Non, on ne peut pas leur en vouloir.

« Solitaire et ennuyé par une nuit comme celle-ci, ma chère Erika ?

Il leva la tête. Il fixa le lieutenant Helmut Wagner, des SS. Lui aussi semblait serein, malgré le fait qu'il tenait à la main une pleine coupe de champagne.

"Je n'aime pas boire, Lieutenant," répondit-elle en souriant.

« Oh, cela ne peut pas être admis. Je n'aime pas ça non plus, mais je bois. C'est... c'est une date fixée, n'est-ce pas ?

"Si c'est le cas. Même ici, c'est un jour extraordinaire. Mais tout le monde ne le célèbre pas de la même manière.

Faites-vous partie de ces femmes introverties qui se parlent et s'éloignent des bruits du monde ?

"Pas tout à fait. Mais il y a des moments où l'on aime réfléchir, méditer...

"Ne réfléchissez pas. C'est une mauvaise chose en ce moment. Il vaut mieux vivre. Vivre et oublier le reste. Quoi qu'il arrive.

« Même si... nous sommes tous morts ?

"Hein?" Wagner grimaça. Qu'a t'il dit?

« Ignore-moi » soupira-t-elle. " C'est quelque chose que j'ai entendu quelqu'un dire ce soir. Ce n'est pas une phrase porte-bonheur, Lieutenant. Oubliez ça,

« C'est oublié. Allons-nous boire quelques verres ?

"Non merci.

— Allez, Erika, tu dois boire avec moi, sourit Wagner en vidant sa coupe de champagne d'un trait. « Je ne suis en congé que depuis vingt minutes, et je commence à peine à m'amuser. Je ne veux pas continuer seule. Les autres filles... eh bien, elles ont l'air très occupées avec leurs partenaires. .. Je n'ai pas de partenaire Et tu es la femme la plus belle et la plus intéressante du bunker.

« Merci pour le compliment, lieutenant. Mais je continue de décliner son invitation. Je ne bois pas.

« On danse alors ?

Erika hésita. Elle jeta un coup d'œil à l'officier SS, vérifiant une fois de plus qu'il était calme, et haussa les épaules, pas très enthousiaste.

"Bien," murmura-t-il. Je pense que je ne peux pas refuser... Allons-y.

"Bravo ! On va s'amuser, Erika. Au final tu verras comme on va s'amuser...

Il la prit par le bras et la conduisit là où se trouvait le pick-up. Il a mis un disque de danse. Ils se mirent à danser sans se soucier de ce que faisaient les autres couples.

***

Un autre album a remplacé le précédent dans l'assiette. L'aiguille a atterri sur les rainures. La musique envahissait tout, noyant le rugissement des bombes à l'extérieur.

"Oh non, ça suffit..." demanda Erika.

« Hé, si on commence à s'amuser maintenant ! Wagner protesta gaiement.

Oui Prenant un long verre d'une bouteille de champagne, il a pris la fatigada Erika, qui a lutté, résistant pour continuer la danse.

"Nous avons plus de vingt danses d'affilée!" Elle s'y est opposée. Je ne danserai plus. En plus, entre la danse et la danse, tu bois terriblement. Vous ne pouvez plus vous lever, lieutenant.

« Hé, ne m'offense pas ! Wagner rageait, hoquetant. « Je peux encore danser encore vingt pièces, ma chère !

"Mais moi, non" coupa-t-il résolument en le poussant, "La danse est finie, Lieutenant. Cherchez d'autres filles. Il y en a qui pourront encore se tenir dans ses bras...

"Non non!" Il protesta, s'énervant. Il trébucha vers elle. « Je n'en veux pas d'autre ! Je t'aime, Erika, ma chérie !

"Ça commence à dépasser les limites de la correction", a froidement prévenu Erika Polman. " Allez-vous en, lieutenant Wagner. Je ne danse plus.

Il leva l'aiguille du tourne-disque. La pièce de danse s'est arrêtée. Rapidement, Wagner s'approcha d'elle et lui arracha le disque de l'assiette dans un élan de colère.

"Tu danseras avec moi, précieux, que tu le veuilles ou non!" hurlé » ; Et sans musique !

Le disque s'écrasa contre le mur de béton. Les fragments sautèrent violemment, sur le point de le blesser. Erika, d'un pas rapide, tenta de partir. Il ne pouvait pas le faire. Wagner passa un bras autour de sa taille et posa son autre main sur son torse, la pressant contre sa chemise jusqu'à ce qu'elle la gratte, la déchirant presque avec ses doigts crispés.

« Non, non, » marmonna-t-il. Tu ne bouges pas d'ici, précieux. Venir; ton ami Helmut va te montrer qu'on peut s'amuser ce soir... amusez-vous bien !

« Lâchez-moi ! Lâchez-moi ! », a-t-elle crié.

Des officiers ivres et des filles endormies ont ri de la scène. Cela les amusait. Elle s'est battue en sachant que personne ne la tirerait des griffes de Wagner, transformée en une bête dévergondée, son esprit émoussé par l'alcool.

"Je t'aime belle, je t'ai toujours aimée... Viens m'embrasser. Que ton Helmut juré t'aime...

Soudain, l'hilarité fétide des autres paires a éclaté. Une voix, dure et froide comme le tranchant d'une baïonnette, avertit derrière Helmut Wagner :

Lâche-la, lâche. M'as-tu entendu? Libérez cette femme, lieutenant Wagner !

5

Il l'a libérée.

Il tourna, dès qu'il la relâcha, une partie des vapeurs alcooliques qui obscurcissaient son esprit se dissipèrent soudainement, transformant le froid officier SS en une bête primitive, conduite par instinct,

Erika, surprise, toujours haletante, se couvrit du mieux qu'elle put, des lambeaux de son chemisier déchiré, sa poitrine qui dépassait sous les déchirures de ses beaux sous-vêtements. Elle regarda, surprise et pleine d'espoir, la silhouette ferme et droite de Karl Martin, maintenant debout devant Helmut Wagner dégoûté.

L'officier SS, ébouriffé de ses cheveux blonds et raides, parla, mordant presque les mots, secs et secs :

« Reste en dehors de ça, Martin ! Je n'ai pas demandé votre intervention !

"Mais Miss Polman, oui," dit-il doucement. Elle demandait de l'aide.

« Mentir ! C'est à nous deux. Elle... elle était très contente de la situation, tu sais. Mais les femmes aiment faire semblant d'être décentes, Martin.

« Espèce de lâche, espèce de menteur ! siffla Erika. Tu me dégoûtes, Wagner !

— Moi aussi, ça me dégoûte, Wagner, dit durement Karl, sans quitter Helmut Wagner des yeux. « Vous me donnez un dégoût invincible. Avec des gars comme vous en position de confiance, c'est ce que le nazisme a creusé sa propre tombe... Cochon !

Wagner saisit soudain son pistolet, commençant à le dégainer. Karl a agi rapidement. Il étendit une de ses jambes, attrapant la main armée d'un coup de pied de sa botte dure. Le « Luger » de l'officier SS s'échappe violemment, rebondissant sèchement sur le sol en béton.

Par la suite, Karl est devenu une sorte de tourbillon mathématique précis dont les poings sont entrés en action rapide contre Wagner.

L'officier SS a reçu deux coups secs à l'estomac, et avant qu'il ne puisse connecter son propre poing au menton de Karl, il a reçu un autre coup du pied gauche, cette fois au foie.

Karl chancela en recevant le direct des doigts durs de Wagner, tandis que Wagner toussait, livide, après le coup du pied gauche sur son foie. Rapidement, l'officier SS a agi sur Karl se remettant de sa douleur au foie.

Il attrapa une bouteille de champagne et la brisa sur le bord d'une table en métal, Game passant de toutes ses énergies à l'action, en ligne droite au-dessus de Karl.

"Attention!" Erika prévint, désemparée. Ça va le tuer, Martin ! ...

Martin le regarda venir, se remettant de son hébétude momentanée, tandis que la main droite de Wagner brandissait l'arme redoutable qu'était la bouteille brisée, pire qu'un tas de couteaux tranchants, visant mortellement la gorge de Karl.

La mort se reflétait dans les yeux vitreux et injectés de l'officier Helmut Wagner alors qu'il se précipitait sur Karl, brandissant la redoutable bouteille brisée qui pourrait lui couper le cou en une fraction de seconde. Le verre tranchant et poignardé siffla sinistrement dans l'air, entachant le coup de quelques fractions de millimètre. Karl ressentit le contact étroit et mortel, et un frisson lui parcourut la colonne vertébrale jusqu'à ce qu'il s'installe à la nuque.

Mais il ne resta pas immobile. Il savait que le moindre échec dans ses actions signifiait la fin devant les militaires enragés, aveugles et ivres des SS nazis : aussi, cependant, ce serait sa fin définitive d'attendre le nouveau coup. Vous n'avez pas toujours la même fortune dans un moment comme celui-ci, pensa-t-il alors que Wagner se remettait de sa tentative ratée et tournait les talons pour se prendre une autre entaille à la gorge.

Cette fois, Karl était efficace, précis et même brutal. Ça aurait du être. Sinon il était perdu. Irmissiblement perdu.

Wagner tendit la main pour enfoncer le verre en lui. Karl, énergique, a sauté de côté, ses mains touchant la pile de disques attendant d'être mis dans le pick-up pour la danse des officiers 'et employés' ! "bunker". Il en prit un, rapidement, le cassant sur le bord de l'armoire métallique où ils se tenaient.

Wagner était près de lui, le cherchait férocement avec la bouteille. Karl l'a frappé avec le bord du disque au visage. Wagner hurla à l'impact. La pâte dure, aiguisée par la coupure, lui fendit la joue et. lèvres, avec une coupe sèche, pas très profonde. Karl n'était pas cruel, il ne cherchait pas à détruire Wagner pour toujours.

Il a atteint son objectif. Le sang, inondant le visage blessé de l'officier SS, l'a assommé, l'aveuglant et l'enrageant de telle manière que ses dangereuses coupures en l'air avec la bouteille, manquaient de sens et d'efficacité,

Maintenant, Karl réussit facilement à le frapper avec le tranchant de sa main ouverte sur l'avant-bras. Il laissa tomber la bouteille qui se brisa, et dès qu'il remua, Karl plongea ses poings dans son foie, le pencha. Le sang de Wagner l'éclaboussa. Cependant, il a tenu bon et a porté le coup final à la nuque. L'officier ivre s'est retourné, tachant de sang le sol, les meubles et les vêtements d'une fille à moitié nue, qui s'est détournée en gémissant hystériquement :

— Emmenez-le à l'infirmerie, haleta Karl en s'appuyant contre le mur. Tout de suite.

Un sergent et un caporal des services auxiliaires du bunker hochèrent la tête en silence, très clairs de leur ivresse, et Wagner se précipita vers l'infirmerie, tandis que Karl reprenait ses forces, et une voix douce dit à côté de lui : « Merci. Merci, lieutenant Martin... Êtes-vous... êtes-vous blessé ?

Il se retourna. Erika semblait plus docile, plus douce et humble qu'avant. Il nia, lentement, avec un demi-sourire :

« Non, je ne suis pas blessé. Et toi? Ce sauvage vous a-t-il blessé ?

"Égratignures mineures. C'était... c'était un autre dommage que j'ai ressenti dans cette situation douloureuse, Martin.

« Je comprends » il la regarda, avec une certaine froideur. Cela doit être terrible pour n'importe quelle femme. Pas pour ceux-là, bien sûr...

Il désigna les autres secrétaires et servantes des caves de la Chancellerie, dédiées à son orgie. Il ajouta, après une courte pause :

« Roszy n'était pas de cette espèce, vous pouvez me croire. C'était une bonne fille. Lui seul vivait à sa manière. En réalité, quand on vit ainsi, on se demande si chacun ne fait pas bien de vivre à sa manière, le plus intensément possible.

"N'essayez pas de me convaincre," répondit lentement Erika. Pensez-vous qu'il détestait vraiment Roszy ?

« C'est comme ça que tu m'as montré quand tu es arrivé au bunker.

— Je faisais semblant, Martin.

« Est-ce qu'elle faisait semblant ? » Karl haussa les sourcils, la fixant. " Pourquoi ?

« Souvent, vous devez mordre la balle et cacher vos propres sentiments lorsque le Parti et les intérêts politiques sont impliqués, Martin. J'ai toujours été fonctionnaire de l'État, et loyale au Parti... », a-t-elle regardé autour d'elle, comme si elle avait peur d'être entendue par cette série de faunes et de nymphes en uniforme. Il ajouta, à voix basse : « Roszy était différent. Je sais qu'ils l'ont surveillée pour sa désaffection envers le Reich. Puis... J'ai appris sa mort. Wagner et les autres sont des SS. Il y a des agents de la Gestapo partout. Vous attendez-vous à ce que je gagne quelque chose en faisant preuve de solidarité avec mon malheureux cousin ? Non, Martine. Je devais le faire. Mon Dieu, pauvre Roszy, j'espère qu'il saura me pardonner...

"Là où elle est, tout est pardonné, Erika" murmura Karl, abattu. Il fuma lentement une cigarette. Le tabac avait un goût d'étoupe et il l'a jeté avec colère, marchant dessus avec le talon de sa botte ». Cela me fait plaisir de savoir que vous n'êtes pas comme vous le paraissez.

« Il ne m'aimait pas, n'est-ce pas ? - » Elle sourit faiblement.

"Honnêtement non.

«Pourquoi, alors, êtes-vous venu à ma défense au risque de vous?

Karl resta silencieux quelques instants. Erika se couvrit maintenant d'une tunique militaire d'officier qui ronflait, ivre, à côté du pick-up silencieux. Mais ses yeux bleu cobalt étaient fixés sur lui, comme s'ils attendaient une réponse.

"Je ne sais pas..." avoua finalement Karl. " Je ne sais pas, Erika...

***

Cela allait être difficile pour Karl Martin d'oublier ce jour-là.

C'était le 22 avril 1945. Quarante-huit heures après la fête d'anniversaire du Führer.

Les choses dans le bunker n'avaient pas beaucoup changé. Certains consommables étaient plus peu rationnés, manquant même pour le service du Führer, et la tension nerveuse était montée de quelques entiers. C'était tout apparemment. Sous la peau des officiers, chefs et fonctionnaires regroupés dans le refuge secret sous la Chancellerie déjà battue, sur laquelle les escadrons russes survolaient inlassablement larguant des tonnes de bombes, qui parfois visaient et parfois non, les esprits de ceux qui se sont rassemblés dans le lieu étonnant ils perdaient de la force, de la volonté, de l'espoir.

Le téléphone avait émis l'un des ordres désespérés d'Hitler la veille :

"" Le général Felix Steiner des SS prendra le commandement des forces de contre-attaque allemandes à Berlin. L'officier qui dispense un de ses hommes de participer à cette opération le paiera de sa vie, dans les cinq heures. "

C'était une autre des phrases historiques du déclin du Führer en Allemagne. Steiner, de la garde d'élite du III Reich « les redoutables SS », prend ainsi le commandement.

Le 22 avril, date suivant cette décision, il allait montrer les fruits de la décision décisive d'Hitler.

* * *

"Sais-tu quelquechose?

— Rien encore, mon général, rapporta Karl en se plaçant au carré devant Von Kelber, qui était présent, nerveux et inquiet, dans la salle de conférence du bunker, alors déserte, à l'exception d'eux deux et du colonel Fritz Wolkse. , qui était chargé d'acheminer certains documents de sa compétence dans le «bunker».

« Steiner aurait déjà dû rendre compte de l'avancée de l'opération », commenta von Kelber en frottant nerveusement le nez rouge et accentué d'un bon buveur de bière allemand. " Pourquoi diable ne le faites-vous pas maintenant ? Le Führer sera enragé...

Il fit quelques pas, irrité par la salle, sous la contemplation un peu indifférente et vague de Wolkse, entre les mains de qui les papiers bruissaient. Karl se raidit devant son supérieur.

"Et Dieu sait que je ferais mieux n'importe quoi que de voir le Führer furieux..." ajouta Von Kelber d'une voix rauque en secouant énergiquement sa tête grisonnante.

Il quitta la pièce sans en rajouter. Karl était sur le point de le suivre, lorsque la voix douce du colonel Wolkse l'appela :

"Lieutenant, s'il vous plaît...

Karl se retourna, saluant le vieux soldat, qui n'avait pas bougé de sa place.

"Oui Monsieur. Souhaitez-vous quelque chose?

"Oui. Reste ici un instant. J'aimerais te parler.

"Je suis à votre service.

"Arrête ça maintenant, fiston," soupira lentement Wolkse. Je veux vous parler en tant qu'ami, pas en tant que supérieur. Du repos. Viens ici garçon.

Karl, surpris par le traitement du vétéran militaire allemand, s'est approché de lui. Fritz Wolkse avait des yeux gris vifs et perspicaces. Il lui a souri avec eux.

"Ça coule, fils," déclara-t-il soudain.

Karl déglutit difficilement. Il était dangereux de se laisser emporter par de telles déclarations. Mais quelque chose à propos de Wolkse a inspiré confiance.

"Je sais, monsieur," dit-il laconiquement.

"Je ne peux pas dire que je suis vraiment désolé" le colonel secoua la tête. Je suis né dans l'armée. Je suis toujours militaire et allemand. Si les SS m'entendaient parler ainsi, ils me jugeraient comme un traître. C'est le mauvais. Que vous ne pouvez pas commenter, dites la vérité crûment. Ce n'est pas admis. Mais la vérité est qu'ils nous ont conduits à ce chaos. Je n'ai jamais vu plus de folie collective, plus d'aveuglement, plus de mépris pour la puissance de l'ennemi, pour sa capacité de combat, pour la résistance morale et physique... Et maintenant il est trop tard pour tout. Steiner échouera... s'il attaque.

« Je ne vous comprends pas, monsieur.

"Oui, tu me comprends." Elle le dévisagea. " Des rats qui courent, vous savez. Steiner, comme Goering, cherchera sa propre évasion. Je ne pense pas qu'il attaquera. Et s'il le fait, ce sera un suicide de plus dans ce monde fou.

« Pourquoi dites-vous tout cela, monsieur ?

"Parce que je pense qu'il est le seul ici à qui tu peux parler de ces choses, mon garçon. Tu... tu n'es "pas un nazi".

Il l'a dit dans un murmure. Karl frissonna. Mais il avait déjà dépassé sa capacité de méfiance, de prudence. Il réalisa que tout commençait à être pareil.

— C'est vrai, monsieur.

"Bravo. Un garçon courageux et confiant" l'a étudié calmement. Un homme typique d'Erwin Rommel. Il savait voir la réalité, n'est-ce pas, lieutenant Martin ? Vous, comme tout le monde sur Panzer 21, auriez donné votre vie pour sauvegarder le sien.

"Oui Monsieur.

« Je sais. Erwin a été assassiné. Il y avait un bureau à Göttingen ! recherché par la Gestapo et les SS. Il a parlé de cette question en public. Mais ils ne l'ont jamais trouvé.

Karl pinça les lèvres. Il commença à dire :

"Monsieur, je dois vous avouer que...

Rapidement, Wolkse agita la main, l'arrêtant. Le colonel parla sèchement :

« Non, ne m'avoue rien, mon garçon. Rien, tu comprends ? N'en discutez même pas avec qui que ce soit. Ne soyez pas trop impulsif. Les vrais traîtres à l'Allemagne sont ceux qui se taisent, ceux qui attendent le moment de jeter leur boue sur les autres pour se protéger. Il y en a beaucoup ici qui verraient volontiers le moyen de jeter des ordures sur les autres...

« Helmut Wagner ?

"C'est l'un d'entre eux. Il vous déteste, Lieutenant. Et leurs amis SS dans ce "bunker" font une pause commune avec eux. Vous savez : les loups vont en meute. Pas encore le temps de se déchirer... Attention avec Wagner Depuis que vous avez vu cette cicatrice sur son visage, sa haine pour vous et une certaine jeune femme dans ce refuge s'est encore aggravée.

"Erika...

Être à l'affût. Pour vous et pour elle. Je pense que je serais capable de tout.

"Merci mon Seigneur. Je vais garder cela à l'esprit...

"-Oui, fils," soupira le colonel Wolkse. C'est tout. Bonjour...

Karl salua silencieusement. Son regard et celui de Wolkse rencontrèrent une sympathie muette. Puis Karl a quitté la salle de conférence du 'bunker' de la Chancellerie.

***

C'était en milieu d'après-midi.

« La contre-offensive de Steiner bat son plein, 'mein' Führer. Et ça augmente. Succès sur tous les fronts immédiat à la capitale. Les Russes commencent à battre en retraite. Je pense qu'on va gagner... "Heil Hitler !"

C'était un appel téléphonique de Heinrich Himmler, chef suprême de la SS

Un peu plus tard, le Führer lui-même a informé son état-major, lors d'une réunion d'urgence, des nouvelles encourageantes reçues. Le tonnerre des canons, toujours plus proche et plus retentissant au-dessus de nos têtes, semblait maintenant être une musique céleste.

Le colonel général Alfred Jodl, chef des opérations, entra quelques instants plus tard dans la réunion de l'état-major du Reich, avec les derniers morceaux de l'extérieur en main. La couleur de son visage imitait parfaitement celle de la cire.

« Quoi de neuf, Jodl ? Quoi de neuf ? » demanda Hitler, entre surpris et inquiet, remarquant l'expression tendue de son subordonné.

Le militaire résolut de parler, non sans rassembler d'abord sa volonté et son énergie pour relâcher le coup qu'il portait avec lui :

"«Mein» Fou alorshrer, Steiner n'a même pas attaqué. Le dernier communiqué indique que les forces blindées du maréchal Zukhov (...) sont entrées dans Berlin.

***

"Tous perdus !

"Tous perdus, oui" le général Von Kelber arpentait furieusement, son visage de la couleur de la cendre. " C'était fini. Le Führer lui-même l'a dit, après son accès de colère face à la trahison de Steiner... " Le Troisième Reich est tombé. "

«Et il y a des rumeurs selon lesquelles Goering a également l'intention de tenter une trahison et veut prendre le commandement de la Nation, en remplacement du Führer. Il est possible que dans les prochaines heures Hitler dicte son arrestation ou, peut-être, son exécution..." rapporta un autre général d'état-major, le regard perdu dans le vide.

"C'est la fin..." confirma lentement un autre.

Tous ces commentaires, rumeurs, expressions entre pathétique et peur, sont parvenus aux officiers. Une atmosphère tendue et agaçante envahissait tout. Les officiers, domestiques, fonctionnaires et toutes sortes de personnels enfermés dans le « Führer-bunker » se regardaient avec méfiance, avec inquiétude, avec crainte...

La nouvelle du siège russe de Berlin était désormais l'affaire de tous. Or, les tirs de canons, dans les faubourgs de la capitale, sur les ponts d'accès à la grande ville, avaient une teinte de "requiem", de musique funèbre pour le Reich qui, selon son fondateur, devait durer mille années ...

Les échos de nouveaux ordres, fiévreusement dictés par Hitler dans leurs moments dramatiques, ont rempli les militaires d'une nouvelle confusion et d'un nouvel étonnement :

« Savez-vous quoi ? Le général Wenck a reçu l'ordre que le onzième corps d'armée se replie vers Berlin, dans son combat avec les troupes américaines, pour défendre la capitale à tout prix.

« Il y a plus de nouvelles, dit un capitaine pâle comme un mort, déboutonnant sa tunique et l'haleine empestant l'alcool. Ils ont donné un ordre terrible : tous les garçons de Berlin doivent défendre les barricades et les redoutes contre les Russes. Votre âge n'a pas d'importance. Ils ont dix-sept, quinze... ou douze ans. Tout ira. Ceux qui déserteront ce devoir seront pendus sur place par des patrouilles SS spéciales...

"Mon Dieu!" Karl passa une main tremblante sur son visage. J'avais froid, même si je transpirais abondamment. " C'est... c'est monstrueux...

Il se fichait que quelqu'un l'entende. Et ils l'ont entendu. Il a attrapé un regard de surprise d'un officier, mais ensuite l'officier a haussé les épaules, les yeux baissés vers le sol, comme s'il ignorait tout ou hochait la tête à sa discrétion.

C'était monstrueux, oui. Karl tremblait en pensant à ces jeunes gens, à ces enfants à qui on mettrait une arme dans les mains et à la mission de défendre Berlin à feu et à sang, contre un ennemi puissant, équipé et bien dirigé, comme le soviétique.

Il se sentait nauséeux, voire dégoûté d'être né, d'appartenir à la race humaine. Un dégoût invincible et atroce qui l'a conduit aux toilettes. Il se sentit mieux un peu plus tard, mais pas beaucoup. Il y avait quelque chose au creux de son estomac qui le piquait de piqûres amères.

Il chercha Erika parmi le personnel recroquevillé et tremblant qui errait de temps en temps comme des spectres abasourdis dans les salles de service vides du bunker.

Il ne l'a pas trouvé. Il arrêta Hilde Stragg, qui buvait dans une gourde plate, la moitié de cognac.

« Je cherche votre partenaire, Erika Polman. L'AS tu vue?

"Erika..." Hilde secoua la tête d'un air affirmatif. Bien sûr, lieutenant. Je l'ai vue. Pauvre fille. Elle a encore moins de vie que nous...

"Qu'est-ce que tu dis?

« Comme la pauvre a pleuré... Eh bien, j'espère qu'elle a de la chance. On ne sait jamais où est la mort. Venez, lieutenant. Oublie Erika et reste avec moi. Je:... tu...

"Déjà assez!" Il la gifla brutalement. « Où est Erika Polman ?

"Il est parti..." hoqueta-t-il en laissant tomber la bouteille, qui se renversa sur le sol. « Il a quitté le bunker...

"Non!" Les yeux de Karl s'agrandirent d'horreur.

« Elle... a reçu des commandes. Il est parti avec une patrouille... des SS. Il était destiné... au poste militaire... des... ponts du Wannsee.

Livide, décomposé, Karl quitta la pièce. Hilde sanglotait, que ce soit à cause d'Erika, de la gifle ou de son cognac renversé. Le jeune officier traversa plusieurs pièces comme un cyclone, jusqu'à ce qu'il pénètre dans la chambre de l'officier. Certains le regardaient avec étonnement.

« Qui a ordonné à Erika Polman de quitter le bunker pour les ponts de Wannsee ? cria Karl en se plantant au milieu de la pièce.

"Je ne sais pas" grogna - un capitaine, surpris ". Hé lieutenant, que s'est-il passé ?

« Une fille du service de bunker est sortie d'ici. Il a été envoyé dans l'un des endroits les plus dangereux de la ville, précisément là où Zukhov entrera avec ses tanks, sans le moindre doute...

— Nous n'en savons rien, Karl. Ici, plus personne ne donne d'ordres. Seuls le Führer... et les SS bien sûr. Il semble qu'il ne fasse confiance qu'à eux, malgré la trahison de Steiner et Himmler.

Karl serra les mâchoires, initiant la sortie de la chambre. A la porte, il trouva quelqu'un debout. Le regardant d'un air de défi, malveillant.

« Vous cherchez quelqu'un, lieutenant Martin ? - Helmut Wagner a parlé, son visage blond et arrogant maintenant traversé par une vilaine cicatrice.

« Lieutenant Wagner ! » siffla Karl Martin en serrant les poings. « Que savez-vous d'Erika Polman et de son destin actuel ?

"Tout ce que vous voulez, demandez-moi" sourit l'officier SS. Je l'ai postée là-bas, lieutenant. Autres questions?

Karl n'a posé aucune question. Il est allé directement à Wagner. Il l'a frappé à l'estomac, un autre au foie, et quand le lieutenant SS a désespérément voulu se défendre, un "crochet" flétri de Karl l'a projeté contre le mur et de là au sol.

« Cochon ! Rat sale ! » haleta Martin, prêt à donner suite à la punition, s'avançant, les poings levés.

Le canon d'un Luger automatique l'arrêta.

— Un pas de plus, lieutenant, et c'est un homme mort. Laissez le lieutenant Wagner tranquille. Et préparez-vous à subir le châtiment de cet acte de violence...

Karl leva le visage, regardant un commandant en chef SS, dont les yeux, froids et durs comme ceux d'un reptile, se fixaient sur lui avec méchanceté,

"Laissez-le, monsieur..." haleta Wagner, se reconstruisant lentement, toujours pas assis. Ce n'était rien. Le lieutenant Martin est un homme courageux et fort, c'est tout. C'est pourquoi je vous propose, monsieur, de vous affecter avec moi... à la patrouille SS qui part pour la banlieue de Berlin dans une heure.

« Accordé », la syllabe du commandant avec un sourire glacial. Vous avez entendu, lieutenant Martin. C'est un ordre. Retiens toi !

Karl l'a fait. Raide, il fixa son supérieur. Le chef SS parla sèchement :

« Il est choisi pour partir comme officier avec la patrouille SS qui quittera le bunker avec pour mission de pendre tous les garçons déserteurs qui refusent de défendre Berlin. N'oubliez pas, lieutenant Martin, que vous serez sous le commandement direct du lieutenant Wagner et que toute désobéissance, insubordination ou tentative de désertion de sa part encourra la même peine que celle prescrite pour les garçons de la capitale : pendaison immédiate.

6

Rester calme. Très calme, lieutenant. Pourtant, tout n'est pas perdu...

Karl Martin prit une profonde inspiration, se contrôlant. Il boutonna rudement, presque brutalement, les derniers boutons de sa tunique, ajusta le harnais et prit la mitraillette. Puis il regarda le colonel Fritz Wolkse.

« J'essaie d'être calme, monsieur, » dit-il lentement. Mais je pense que beaucoup de choses ont déjà été perdues. Peut-être la vie de cette fille, jetée à la boucherie par cet officier méchant et vil...

« Je recommande encore la même : sérénité, lieutenant Martin. Tu es un garçon intelligent et capable. Ne vous laissez pas emporter par vos pulsions. Vous avez reçu une commande. Vous devez le respecter quoi qu'il arrive. C'est un soldat, et le pays est en guerre. De plus, il est dans un effondrement très grave, auquel aucun Allemand conscient ne peut échapper. Nous devons tous nous battre jusqu'à la mort ou la victoire.

« Même les enfants, monsieur ?

Wolkse inclina la tête sinistrement. Il n'a pas répondu à cela. Puis il argumenta :

« Pour l'instant, ce sont les SS qui contrôlent le commandement militaire, fiston. Le Führer ne fait confiance qu'à eux. Je ne peux pas révoquer la commande reçue. Allez avec cette patrouille. Et si vous devez pendre un garçon qui refuse de se battre... mordez juste la balle. Ou ces gens vont vous pendre ; rappelez-vous que pas un seul Allemand ne peut faire défection maintenant...

« Je m'en souviens trop bien, monsieur. Les pupilles de Karl se sont rétrécies. " Merci pour tout. Vous commandez quelque chose ?

"Oui," sourit Wolkse en tendant la main. " Prenez soin de vous. Et que vous ayez la sérénité en tout temps.

« Je vais essayer d'obéir, monsieur.

"Eh bien. Bonne chance, mon garçon », ils se serrèrent la main cordialement. Puis Karl se leva, saluant militairement. Puis il s'éloigna vers le poste de garde du bunker.

Helmut Wagner attendait déjà, formant la patrouille de SS, armés de mitraillettes. Les deux hommes se saluèrent froidement. Karl se tenait à côté d'un caporal SS, Wagner donna les dernières instructions :

« Notre mission est de patrouiller dans les rues et avenues de Berlin qui mènent aux ponts où les Soviétiques vont commencer leur offensive. Nous devons empêcher que des désertions soient recrutées de force dans des circonstances aussi désastreuses et désespérées sur ordre express du Führer. Si quelqu'un déserte, il sera pendu sans jugement par nous-mêmes. C'est l'ordre. S'ils s'enfuient, s'ils ne s'arrêtent pas au premier « arrêt », tirez pour tuer. C'est tout. Ah, autre chose ! « Son regard s'est durci. Tout membre de notre patrouille qui refuserait de se conformer à ces ordres ou les contesterait se rendra également coupable de désertion ou de rébellion et pourra être pendu ou fusillé sur place. Allons-y. « Heil Hitler !

"" Heil Hitler ! "" Ils répondirent tous, comme si cette voix monotone, déjà routinière, pouvait soulever ce qui s'écroulait; transformer, en bref, le Troisième Reich en quelque chose de plus que le spectre téléchargé qu'il était à cette époque.

La patrouille SS, commandée par Helmut Wagner et ayant pour subordonné Karl Martin, se mit en route.

Peu de temps après, ils quittèrent le 'bunker' de la Chancellerie, pénétrant dans l'enfer de Berlin...

***

Un enfer.

Jamais lieu n'a plus mérité ce nom ou reflété plus justement son apparence et sa situation authentiques que le Berlin de ce 23 avril 1945, douze heures à peine après que Karl Martin eut découvert l'absence forcée, presque criminelle, d'Erika Polman.

Il se levait le 23. Une aube étrange, hallucinante, livide, entre gris et jaunâtre, comme si la fumée et le soufre de l'enfer lui-même flottaient au-dessus de la ville chaotique, parsemée de feux de joie et de fumée noire s'élevant vers le ciel. Une odeur âcre de mort, de sang, de ruines et de destruction montait de partout, comme si la terre entière se mettait à empester du souffle nauséabond de la putréfaction.

C'était Berlin...

Le Berlin terrifiant de quelques dates historiques terrifiantes, dans lequel des êtres pâles dantesques, émaciés et nerveux, se déplaçaient à travers ses tas de décombres, à travers ses avenues de décombres, ses ruines et ses murs nus et noircis sans rien derrière, sauf le vide glacial de leurs maisons sans murs , toit, murs ou personnes ; avec cette atroce ouverture d'yeux vides qu'étaient les fenêtres donnant sur le ciel lui-même, gris et nuageux comme l'atmosphère de la capitale allemande.

De temps en temps, sous les poutres et les décombres, une main crochue apparaissait, un visage effrayant baigné de sang, un corps démembré, une jambe brisée, ou une masse informe de chair humaine emportée par les grenades et les bombes. Certaines femmes, entières et déterminées, s'entraidaient en extrayant des cadavres ou en chargeant des blessés désespérés dans les quelques ambulances qui circulaient dans la capitale. Les personnes âgées et les enfants de moins de dix ans gémissent avec leurs proches annihilés ou viennent au secours désespéré de leurs corps grièvement blessés, peut-être mourants.

Oui. C'était Berlin. C'était la fière capitale du Troisième Reich, assiégée par les troupes russes, combattant déjà furieusement aux abords de la capitale, sur les ponts qui y menaient...

Karl, dans le cadre de la patrouille qui parcourait les rues dans un fourgon de l'armée, équipé de deux mitrailleuses rotatives sur le dos, verrait tout ce défilé de cauchemar.

Le véhicule, peint en gris brunâtre, se déplaçait comme une chenille à travers des monticules de ruines, des souches urbaines et des cadavres alignés sur certains des anciens blocs de construction de la ville. C'était comme une promenade dantesque à travers les limites mêmes de l'empire de Satan.

Le jour de l'Apocalypse sera-t-il pire ? Karl se demanda tranquillement. Et les soldats SS le regardaient sans rien dire, froids et distants, hermétiques dans leur glacial isolement fanatique, fidèles serviteurs de quelque chose qui s'effondrait parfois... et qui, peut-être à cause de cela, devenait de plus en plus dangereux, menaçant devenu un nouveau Saturne qui dévorera vos enfants.

Ils passèrent devant une formation de soldats armés. Karl regarda avec étonnement les grandes capes et les casques d'acier comme s'ils étaient suspendus à un cintre trop branlant. Alors qu'il laissait derrière lui le groupe qui saluait le Führer avec des acclamations enflammées et lui faisait signe avec des machines automatiques, il réalisa avec horreur qu'il s'agissait de jeunes hommes, de vrais enfants arrachés aux écoles, aux maisons privées. Des enfants à l'abattoir...

Il essuya la sueur glacée de son front avec le dos de sa main. Il leva les yeux au ciel, dans la rude matinée nuageuse. Même la lumière ressemblait à un rideau sale suspendu au ciel en lambeaux. Tout était effrayant, comme étranger à ce monde, aux êtres humains, au minimum de bon sens et de sensibilité.

Ces garçons étaient heureux d'aller à la boucherie. Ils étaient des convaincus, des empoisonnés par des doctrines aveugles, par des voix de commandement transformées en impacts de domination sous-humaine.

D'autres, pas tellement. Une nouvelle colonne de garçons, pâles et hésitants, passa devant eux. Le lieutenant Wagner les encouragea énergiquement depuis le cockpit :

« En avant, soldats allemands ! Pour le triomphe du Troisième Reich ! « Heil Hitler !

"" Heil Hitler ! « Victoire ! », criaient ces pauvres tyrans de la grande farce.

Et ils ont agité leurs bras, comme s'ils avaient été inculqués d'une nouvelle foi dans leur victoire finale. Karl avait peur. Peur de lui-même, de son peuple, de son peuple. S'ils étaient si facilement enflammés par un élan de commandement, qu'est-ce qui pourrait sortir l'Allemagne de son bourbier, de son obéissance presque machiniste ?

Un troisième groupe de soldats imberbes, tous âgés de moins de quinze ans, vêtus à la hâte et courant dans des vêtements taillés sur mesure pour les hommes plus âgés et plus grands, lui fit une impression encore plus terrible.

Parce que ceux-là avançaient à la baïonnette. Derrière leur ligne lente, apathique et triste, des soldats et un sergent SS les ont poussés, armes au poing, les conduisant vers les tranchées de la banlieue berlinoise au moment même où un groupe de béliers est poussé vers le massacreur.

« Qu'est-ce qui se passe, sergent, avec ces gars-là ? demanda Wagner en arrêtant son véhicule.

« Ils ne voulaient pas aller au front. Ils se sont tous réunis pour lâcher leurs armes et déserter en groupe. Je pense qu'il vaut mieux les emmener dans les tranchées que de les pendre tous, monsieur.

« D'accord, mais ne tolère pas trop. S'ils réessayent quelque chose, tirez-leur dessus. L'Allemagne n'a pas besoin de déserteurs, mais de soldats à mourir pour elle.

La voiture militaire a continué, laissant derrière elle les pathétiques enfants effrayés. Une haine étrange et froide pour tout ce qui l'entourait grandit de plus en plus dans l'esprit de Karl Martin. Il ferma les yeux, convulsé, alors qu'il traversait un chemin d'où pendaient plusieurs corps, pendus aux arbres. C'étaient tous des garçons, presque des enfants, pendus par les SS Avec de la peinture noire il était écrit au sol :

Déserteurs d'Allemagne. Défendez votre pays et vous ne mourrez pas indignement ! "

Il se contrôla de ne pas vomir. C'était trop. Il n'y avait pas besoin de regarder les pauvres enfants pendus pour les voir se balancer sur les cordes, assassinés pour le seul crime d'avoir eu plus peur d'un fusil ou d'une mitrailleuse que des manuels scolaires ou des réprimandes de maman.

"Attention!" Quelqu'un a crié. " Des avions russes...!

La voiture s'est arrêtée. Ils se sont tous précipités hors de lui. Karl n'est pas resté non plus. Dans la brume grise de l'aube, à travers des volutes de nuages, surgissaient des bombardiers soviétiques escortés par des chasseurs rapides qui filaient déjà vers le sol, ouvrant le feu avec des mitrailleuses de leurs ailes. Ils étaient couverts d'éclaboussures d'orange étincelante, et le sol asphalté, en de nombreux endroits craquelé et craquelé, du trottoir de Berlin se mit à bouillir.

Karl et ses compagnons des SS se jetèrent d'un côté et de l'autre, désespérément, évitant la mitrailleuse aérienne de l'avion russe. D'autres avions bombardaient déjà le quartier, soulevant des avalanches de pierres et de fer tordu, entre des colonnes de feu et de fumée, où tombaient leurs lourds projectiles.

Collé au sol, entre les décombres, Karl resta immobile, sentant le sol trembler autour de lui, réalisant que l'air sentait tout âcre, et que l'atmosphère devenait presque irrespirable de pur dense et plombé, autour de lui.

L'un des avions russes a survolé à basse altitude l'endroit où le jeune lieutenant était accroupi. Il sentit le ronronnement du moteur secouer tout sur son passage, faire vibrer les ruines, les murs, les corps. Le cliquetis des mitrailleuses lui fendait les tympans, tant les tirs étaient proches.

L'appareil s'est levé pendant que les pierres autour de Karl rebondissaient ou sautaient, pulvérisées, pendant qu'elles recevaient les projectiles. Il resta immobile, collé au sol, sans chercher une fuite qui pourrait lui être fatale.

Deux des soldats, membres des SS, n'étaient pas aussi sereins que Karl dans l'instant suprême et, ils ont sauté de leurs cachettes, courant en zigzag à travers la route, pour éviter la proximité des impacts. Bien qu'ils soient issus de l'efficace et compétent Select Guard, ils ne pouvaient pas supporter le stress. Et cela les a perdus.

Un deuxième chasseur ennemi était déjà derrière le précédent, balayant les rues de ses rafales de mitrailleuses crépitantes. Leurs stries enflammées ont clairement rattrapé les corps en uniforme luttant pour trouver un meilleur refuge parmi les décombres.

Ils s'agitaient, sautant comme des mauviettes au milieu de la rue. Inarticulés, ils tombèrent, couverts de sang, presque méconnaissables, alors que le rugissement des combattants adverses perdait à nouveau, s'élevant dans les brumes matinales. Les deux soldats SS sont restés sur la route et le sang coulait par traînées jusqu'aux égouts...

Puis il y eut un long, long silence. Un silence seulement rompu par les moteurs qui s'éloignaient, par l'effondrement des murs, des décombres dangereux. Karl se leva lentement, regardant autour de lui avec une stupeur douloureuse.

Certaines poutres brûlaient. La voiture de patrouille SS a été éventrée, une masse enflammée de fer tordu au milieu de la route, non loin de l'endroit où les deux soldats ont été abattus.

Ni l'un ni l'autre ne s'est approché de la voiture. Au loin, ils se groupèrent lentement sur un monticule de décombres. Il n'a pas fallu longtemps pour que le dépôt de carburant explose, parsemant l'avenue déserte d'éclats de fer brûlants.

"Nous continuerons à pied jusqu'aux ponts"dit froidement Helmut Wagner.

"Ce sera l'enfer", commenta Karl.

« Et ça ? Avez-vous peur, lieutenant Martin ?

"Pas pour moi. Pas pour vous, lieutenant Wagner. J'ai peur pour les autres. Il en a vu deux mourir. Bien d'autres tomberont si nous nous y aventurons,

« Nous irons, malgré tout. Nous devons veiller à ce qu'il n'y ait pas de déserteurs. Et nous garderons un œil dessus, soyez-en sûr. D'autres objections ?

"Non, aucun" soupira Karl- ". Aucun, monsieur...

Il salua, debout au garde-à-vous. Wagner, s'attendant à l'insubordination, parut déçu. Il a simplement répondu à l'accueil, à contrecœur, et a pointé sa mitraillette sur la route :

« Allez-y ! Plus de temps à perdre... La patrouille SS se composait désormais de Wagner, de Karl Martin, du caporal SS, et de seulement quatre hommes de leur groupe de six d'origine. Les sept hommes se sont déplacés dans ce labyrinthe apocalyptique de ruines et de fumée. , de flammes et de sang, vers les faubourgs de Berlin, vers les ponts du Wannsee.

C'était un désir stupide et fou de punir, de maintenir une discipline impossible, basée sur le sang et la mort parmi la jeune population de Berlin. Mais il n'y avait rien que Karl Martin puisse faire pour l'empêcher. Absolument rien. Obéissez simplement, suivez les ordres d'un égal à lui qui le haïssait et qui avait maintenant le commandement. Sinon, lui aussi serait victime de la dure et féroce répression des Hitler SS.

7

L'explosion a provoqué des glissements de terrain de terre et de pierres.

Karl eut juste le temps de se laisser tomber au sol. Devant lui a explosé un véritable enfer de grenades, d'obus d'artillerie lourde russe, placés en batterie devant les défenses désespérées de Berlin, et qui battaient avec une férocité implacable rues et immeubles, fortifications et tranchées, parapets de sacs de sable ou fossés défoncés. pic à la veille tendue du siège de Berlin.

Sans bouger, recroquevillé dans les décombres, Karl laissa passer la volée délirante, après quoi il y eut un court silence, aussitôt interrompu par des cliquetis de mitrailleuses par endroits, et l'inexorable "clank, clank, clank, clank" des chars lourds des combattants soviétiques, se déplaçant sur des ponts, sur des routes de banlieue, dans un gigantesque mouvement de pincement et de pénétration autour et à travers Berlin.

Le Wannsee était déjà devant eux, avec ses ponts gardés par des groupes de garçons, de jeunes hommes dans des nids de mitrailleuses, armés de mitrailleuses et de fusils, de grenades à main ou de simples pistolets, contre la formidable machine d'invasion russe.

Il y avait des cadavres en tas. On pouvait voir les masses brunâtres d'hommes en uniforme, jetés les uns sur les autres, comme des ordures. Ils avaient été des êtres humains, des jeunes forts, pleins de vie peu de temps auparavant. L'effusion de sang époustouflante de Berlin s'est poursuivie au milieu de cette symphonie dantesque d'armes à feu, d'effondrements, de fumée et de feu, de sang et de douleur.

Karl se leva, sa mitraillette prête, zigzaguant à travers les décombres. S'il était découvert par un artilleur russe, un seul coup suffirait à le mettre en pièces, quel que soit le terrain sur lequel il se trouvait. Elle l'attendait d'un instant à l'autre, sentant presque déjà la morsure déchirante des éclats d'obus dans son corps, telle était la sensation physique de la proximité de l'inévitable dans ce chaos de feu nourri, de destruction implacable.

Il réussit à se jeter derrière un tas de cadavres à temps, pressant son visage contre le tissu brun et sanglant d'une cape de soldat. Des yeux vitreux et immobiles semblaient se fixer sur lui depuis un visage déchiré, informe il abaissa son casque d'acier, comme le spectre même de l'Apocalypse qui symbolise la Guerre, sur le dos de sa monture infernale...

Un char lourd, avec l'étoile rouge sur sa tourelle, apparut dans le coin. Son canon tournait, oscillait, cherchant comme un œil ravageur la trace de tout être vivant. Si le tireur voyait Karl, le bûcher humain exploserait, lui inclus.

Il y a eu des moments de tension, d'angoisse. Le char de combat russe se déplaçait, s'approchant de lui, lentement et inexorablement :

"Clank-clank-clank-clankkkk ..."

Écrasant, hurlant, comme un monstre d'acier qui pourrait tout submerger...

Il descendait déjà la route, écrasant les corps et les décombres sous son poids. Il grimperait facilement sur le bûcher des morts, le serrant au fur et à mesure. Il venait droit vers elle. Karl a préparé sa mitraillette à mourir en essayant de faire quelque chose d'efficace, qu'il sentait inutile...

Il n'est pas sorti de la protection des cadavres. Une explosion atroce, une fusée éclairante très violente... et le char russe, touché par un obus providentiel allemand, pulvérisé en mille fragments enflammés, tordus, dilatant partout les corps sectionnés des hommes qui l'occupaient...

Wagner a émergé d'un autre abri, faisant de fortes indications pour que tout le monde le suive. Karl l'a fait, encerclant le bûcher des soldats morts. Plus par besoin impérieux que par esprit d'obéissance. Cette zone était dangereuse. Avant longtemps, il y aurait plusieurs chars qui se déplaceraient vers le centre de Berlin. Il était évident qu'un des points de la défense héroïque et désespérée de la ville avait cédé dans sa résistance, laissant une brèche ouverte à l'envahisseur.

L'inévitable commençait à se précipiter comme Karl l'avait toujours imaginé.

En rencontrant Wagner, le groupe s'était à nouveau rétréci. Ils n'étaient plus que cinq : lui, Wagner et trois soldats. Le quatrième soldat et caporal avait été touché par le char qui avait explosé peu de temps auparavant. Ils ne bougeraient plus.

"Et maintenant ¿où, lieutenant Wagner ? "Karl enragé, fixant son compagnon d'armes. Voulez-vous que nous soyons tous bêtement tués, sans but pratique ?

« Vous pouvez faire demi-tour, lieutenant », siffla Helmut Wagner, mâchant les mots et levant sa mitraillette, qui était pointée sur Karl. Allez, fais-le si tu préfères...

— C'est ce que vous voudriez, m'assassiner par derrière, répondit Martin. Je continue avec toi jusqu'à l'enfer même..., si nous n'y sommes pas déjà,

« Très bien, lieutenant Martin. Et souvenez-vous de ceci : bien que de rang égal, « je » commande ici. En route !...

Ils marchaient à travers des feux, de la fumée et des nuages de poussière âcre, sentant le sang frais, la mort et la chair brûlée. Une sueur visqueuse imbibait le visage noirci du lieutenant Martin.

Devant eux, un autre bâtiment s'est effondré, touché par une volée russe. Des cris retentirent, des voix pathétiques de douleur. Les soldats de Wagner s'y installèrent rapidement.

Ils ont encerclé le bâtiment en feu, les murs s'effondrant, craquelés sous les coups de feu. Karl trembla d'horreur.

Un nid de mitrailleuses y dominait les abords de l'un des ponts sur le Wannsee en raison de la position élevée du site. Seul le nid avait été la cible incontestable de l'ennemi. Une cible parfaitement réussie...

Du sang, des morts et des armes brisées gisaient sur une masse froissée de sacs de sable, de pavés et de barbelés. Les serviteurs de ce nid de mitrailleuses... étaient des enfants. Aucun d'entre eux n'a atteint seize ans...

Avec horreur, Karl compta jusqu'à une vingtaine de corps inertes, soufflés par l'onde de choc ou touchés par des éclats d'obus.

" Hey là ! cria la voix de Wagner d'une voix rauque. Quelqu'un s'échappe ! Capturez-le !

Il montrait un point dans l'épaisse fumée. Une silhouette floue s'est perdue dans les décombres. Deux des soldats ont couru après elle, tirant leurs mitraillettes en l'air. Puis, ils ordonnèrent énergiquement :

"Haut ! Arrête, ou on tire pour tuer !...

Karl attendit avec raideur. Dans ce secteur, on pouvait à peine voir à quatre ou cinq mètres. La fumée des explosions et la poussière des décombres formaient une brume sale impénétrable et nauséabonde qui brouillait et brouillait tout. Non loin de lui, Helmut Wagner semblait le regarder de côté, attendant qu'il tente lui-même la désertion, poussé par la peur.

Cependant, Karl ne bougea pas. Il n'avait pas peur non plus. Juste du dégoût, de l'horreur, du dégoût pour beaucoup de choses. Il ne voulait même pas regarder les visages des garçons, entassés dans ce qui était un nid de mitrailleuses.

Les soldats sont revenus. Entre eux, dominés par leurs mitraillettes... un autre enfant. Aussi jeunes que ceux qui gisaient là, peut-être même plus jeunes. Karl Martin l'estimait à treize ans. Je pleurais; sa joue était coupée, ses vêtements noircis et éclaboussés de sang, ses yeux écarquillés de terreur. Il portait un uniforme des Jeunesses hitlériennes.

« C'était un déserteur », rapporte un soldat SS. « Il avait l'intention de s'échapper et avait même laissé tomber son fusil.

« Vraiment ? Si désertant, petit ? demanda froidement Wagner.

"Je..., j'ai... j'ai peur..." sanglota le petit garçon. Des pleurs secouaient son petit corps, glacé et tremblant. Il montra, avec une simplicité pathétique, le fossé plein de morts. L'un d'eux... est mon frère ! Mon frère Gert ! Est mort!

"Cela n'a pas d'importance. Cela ne vous exempte pas non plus de vos fautes " Wagner coupé, hermétique. " Vous êtes un déserteur. Connaissez-vous la peine que le Führer inflige à tout déserteur de tout âge ?

Le garçon, son petit visage transformé en un masque convulsé de peur et d'angoisse, sanglotait sans répondre. Elle le regardait d'un air implorant, exigeant un peu de compréhension.

« Mort, mon garçon », a déclaré Wagner. " Il ne peut y avoir de pardon. Vous allez être pendu.

"Non!" hurla-t-il en frissonnant. Oh non non! Le pardon! Pitié, monsieur, pitié...!

« Il n'y a aucune pitié pour les déserteurs. Là, je vois un réverbère debout. Servira. Allez, préparez l'exécution.

Karl Martin s'avança, livide.

« Lieutenant Wagner, vous n'êtes pas sérieux, n'est-ce pas ?

"Lieutenant Martin, la loi est la même pour tout le monde", coupa amèrement Wagner, qui ajouta immédiatement, plissant les yeux avec une expression glaciale et diabolique, "Vous allez être chargé de le faire." Lieutenant Martin, pendez ce petit déserteur !

***

Tous les yeux étaient rivés sur lui. Le méchant, cruel, par Helmut Wagner. Celui des trois soldats SS survivants de la patrouille de répression. Et celui de l'enfant. Surtout celle de l'enfant...

Il y eut un silence, une pause terrible, chargée d'une tension menaçante.

"Allez, qu'est-ce que tu attends ?" - Wagner insista vivement". "C'est un ordre", lieutenant.

Karl se leva, très calme, très froid. Bizarrement froid, même.

"Je refuse d'obtempérer", répondit-il.

Le nouveau silence était comme celui d'un orage avant de se rompre. L'électricité semblait couler dans les veines de tous, à très haute tension.

"Qu'a t'il dit?" siffla Wagner. Répétez cela, Martin.

« Je ne vais pas pendre le garçon. Je refuse d'obéir, lieutenant Wagner.

« Pour la dernière fois, j'ai étranglé le garçon. Le Führer a arrangé les choses ainsi, vous l'avez oublié ?

« Je n'oublie rien. Mais je ne tue pas d'enfants, lieutenant.

« C'est... c'est de la rébellion.

"Oui.

« Lieutenant Martin, je dois vous exécuter si vous refusez d'obéir.

"Je le sais déjà.

Son sang-froid stupéfia même les soldats SS. Wagner semblait radieux, mais aussi choqué par son suicide conscient. Le garçon emprisonné n'avait pas de place pour l'étonnement.

"Très bien", a conclu Wagner avec un gros soupir. " Lâchez votre arme et levez les bras. Je dois le pendre, selon l'ordre du " mein " Führer. Il n'a même pas l'honneur de l'exécution.

« Et ça te rend heureux. Allez-y, Wagner - », il a laissé tomber sa mitraillette. Il leva lentement les bras. " Vous ne pouviez pas rêver meilleure vengeance, n'est-ce pas ?

Wagner eut un sourire glacial, sans commentaire. Les soldats de sa petite patrouille se préparaient à obéir, se conformant aux dispositions fatales d'Hitler à cet égard : la potence pour tous les deux, dans une lampe miraculeusement intacte en ce qui concerne sa perche, mordue par des éclats d'obus, mais pas sa lampe, cassée et battu.

« Allez-vous... allez-vous mourir pour moi, monsieur ? « Marmonna le garçon des Jeunesses hitlériennes, terrifiant le bras de Karl, toujours émerveillé par ce qui s'était passé. Pourquoi?...

"Parce qu'il y a encore des êtres humains dans le monde, fiston," dit Karl d'une voix rauque. Vous ne le comprenez peut-être pas. Vous ne pouvez certainement pas le comprendre après les doctrines qui ont été mises dans votre tête. Tu n'as réagi qu'instinctivement, comme un enfant que tu es, à voir ton frère mort. S'ils vous avaient aussi appris... à aimer vos semblables... alors vous comprendriez. Ce sont des choses qui sont faites parce qu'on serait incapable de faire autre chose. Et s'il le faut, il en meurt, oui.

— Assez parlé, coupa Wagner. — Allons, Karl Martin, tu seras le premier à subir le châtiment de la potence.

Karl s'avança délibérément vers la lanterne. Ils y avaient déjà passé la corde. En quelques secondes, ils accompliraient une justice brutale. Le lieutenant Martin ne semblait pas effrayé. Il sourit quand ils passèrent la corde autour de son cou.

« J'espère que nous nous reverrons bientôt, Wagner, dit-il. Seuls vous et tous ceux qui ont coulé l'Allemagne subiront une mort mille fois pire que celle-ci. Je meurs heureux pour mon pays. Pour une meilleure Allemagne. Mais pas pour le Reich, pas pour Hitler, pas pour toute cette foutue folie nazie.

"Déjà assez!" siffla Wagner, les yeux flamboyants. " Maintenant, le traître est révélé, l'ennemi du Reich. Bon voyage en enfer, Karl Martin !

Fait un geste. Les soldats des SS se sont préparés à hisser la corde, pendu Karl comme tout déserteur ou séditieux était pendu au Reich dans ces moments terrifiants pour le III Reich mourant...

8

Déjà au seuil de la mort, Karl se posait une question :

« Qu'est-il arrivé à cette fille, Erika ? ...

Oui au moment suprême, dans la transe entre la vie et l'éternité, il savait pourquoi il l'avait défendue, pourquoi il tenait tant à elle, pourquoi il cherchait, avidement, à travers le Berlin dantesque la moindre trace d'elle, un signe d'espoir qui lui disait que toujours la cousine de Roszy était encore en vie.

Il savait qu'il était attiré par elle. Et que cette attraction, peut-être, était l'amour. Quelque chose qu'il n'a jamais ressenti pour aucune femme. Pas même pour la pauvre Roszy, qui n'était qu'une idylle du moment, une aventure dans le chaos incertain de la guerre...

C'était différent. Oui, ça pourrait être... l'amour. Et découvert maintenant. Quand il était trop tard pour tout. Même pour chercher Erika, pour essayer de la sauver de cet enfer.

« Appliquer la loi ! » Il entendit dire Helmut Warner. Les SS ont déplacé la corde, commençant leur tâche...

Puis tout s'est effacé, au milieu d'une avalanche glaciale d'alors, fumée, poussière, saleté et cailloux, éclats d'obus et sang...

***

La confusion la plus effrayante et la plus incroyable a tout englouti, projetant Karl dans un monde dans lequel tout semblait une histoire d'amour, invraisemblable et flagrant.

Il lui fallut des secondes entières pour savoir ce qui s'était passé, pour se déplacer entre des avalanches de pierres, repoussant de son côté le cylindre de fer noir battu de la lanterne, détaché et déchiré.

Puis, se reconstruisant, aveuglé par la poussière et la fumée, toussant, avec un goût piquant dans la gorge, il s'assit lentement, sachant qu'il était blessé, qu'il saignait de quelque part dans son corps, et que tout ce chaos n'était rien d'autre que l'explosion. d'une grenade d'artillerie, non loin de l'endroit où se trouvait la lanterne suspendue.

Une grenade qui avait tout renversé, même la potence de fortune de Karl et le garçon déserteur...

Il secoua la tête, abasourdi. Il mit les deux mains sur son visage. Il en retira un imbibé de quelque chose de chaud, de visqueux, qui coulait le long de sa joue et de ses sourcils, venant d'un point sur sa tête, où des gravats lui parvenaient.

Il a réussi à se relever complètement, renversant des pierres et des gravats. Ses jambes répondirent, bougeant facilement, un peu douloureuses à cause de l'impact d'autant d'objets contondants qu'elles avaient reçu peu de temps auparavant. Les bras semblaient également intacts.

Il était encore complètement assourdi, comme si ses tympans avaient été éventrées. Le rugissement de l'explosion était trop terrible pour qu'il puisse capter le moindre son maintenant.

Il fit quelques pas, s'appuya contre un morceau de mur, sentit quelque chose qu'il ne pouvait pas voir à travers la poussière dense et la fumée grise. Quelque chose s'est collé au mur. Elle l'attira près de lui, l'attirant près de ses yeux.

Il la lâcha avec un cri creux, plein d'horreur.

C'était une main. Une main arrachée de ses racines, sanglante et terrible, toujours, avec la manchette d'un uniforme marron, avec l'emblème des SS...

Cette main s'était écrasée contre le mur quand son propriétaire s'était ouvert, et elle s'était collée au mur comme une patelle. Quelque chose d'atroce...

Ce n'était certainement pas une manche d'officier, mais celle d'un soldat. Quelqu'un de moins chanceux que lui, de la petite patrouille.

La fumée se dissipait déjà, la poussière s'installait, éclaircissant quelque peu la vision. Toussant, les yeux inondés de larmes et l'un d'eux également aveuglé par le sang de sa fissure dans le cuir chevelu, Karl Martin bougea, essayant de regarder autour de lui.

Il découvre presque aussitôt de nouvelles horreurs : fragments d'uniformes de soldats, casques d'acier, masse cérébrale éclaboussant le sol, sang comme dans un abattoir, bras et jambes de trois hommes...

Pas un seul des soldats n'a été laissé en vie. Peut-être devait-il le miracle au fait que le métal de la lanterne protégeait son corps d'un impact direct, et le jeta là où les éclats d'obus ne l'avaient pas touché.

Une sorte de miracle, pensa Karl Martin d'un air maladroit, essayant de voir au-delà, à travers la fumée.

D'autres incendies, éclaboussant la zone, ont signalé les impacts des grenades ennemies sur Berlin. Le feu devenait plus intense, plus dévastateur. La ville entière était un immense feu de joie ou un cimetière de ruines, et la décision de Zukhov semblait être d'entrer enfin dans une ville dévastée, réduite à rien.

Karl fit quelques pas de plus hors des décombres, sur la route déserte, sale et accidentée. Il commençait à chercher une arme intacte pour avancer, maintenant seul, à travers Berlin chaotique, quand la voix l'arrêta net :

"Merde... à..., Martin...

Karl se retourna quand il reconnut cette voix. Puis il a sauté de côté, très à l'heure.

Helmut Wagner a tiré le coup avec sa machette, qui a sifflé loin de Karl, finissant par dégringoler sur l'asphalte fissuré. Wagner, face à son échec, se précipite vers Martin, mettant la main sur son holster, pour en extraire l'arme à feu qu'il avait encore.

Bien que son uniforme ait noirci et déchiré, et que son visage et ses mains soient couverts d'égratignures, Wagner était également sorti indemne de l'explosion. Karl savait que sa vie, miraculeusement sauvée juste avant, valait aussi peu maintenant qu'elle l'était alors. Si Wagner tendait la main vers son « Luger », le coup ne pouvait en aucun cas lui échapper.

Déterminé à tout, Karl avançait avec rapidité, dans une course hésitante mais vertigineuse, sur son ennemi, Wagner, devinant ses intentions, s'arrêta net au lieu de continuer à avancer pas à pas.

Il le vit déboutonner son holster, commencer à extraire le Luger, le soulever rapidement vers lui...

Alors Karl se jeta dans un plongeon désespéré, encore loin de son ennemi.

Le Luger a tiré. Un boum sec dans l'air chargé d'odeurs d'explosifs et de ruines Karl atterrit violemment sur les jambes de Wagner, dans un dernier coup de bras, saisissant les chevilles de l'officier SS et le tirant violemment.

Wagner roula sur le sol, et Karl s'accrocha rapidement à lui, combattant férocement, saisissant le poignet armé d'une main de fer. Dans cette immobilité de la main droite d'Helmut Wagner était la clé de tout. S'il échouait à cela, il était perdu.

Les deux hommes se sont battus, se frappant les genoux, les coudes, la tête et les pieds, enfermés dans un duel virulent où l'un ou l'autre finirait par mourir, car Karl était déjà l'homme désespéré qui ne pouvait obtenir le droit de vivre qu'en éliminant son compatriote.

La lutte devint virulente, convulsée. La haine fit trembler les traits de Wagner et le désespoir ceux de Karl, alors que ses muscles mettaient autant d'énergie que possible dans l'assaut brutal et féroce,

Deux fois le "Luger" a failli pointer la bouche de Karl. Et à deux reprises, le jeune lieutenant du "Panzer 21" a réussi à secouer la menace dangereuse en déviant la main armée avec une énergie tenace. Il a lutté pour lui faire lâcher l'arme, mais les doigts de Wagner étaient comme des crochets d'acier dans l'effort opposé.

L'officier SS a remarqué sa blessure au cuir chevelu et, à la première occasion, a réussi à lui attacher un énorme coup de tête. Wagner avait été encore plus chanceux que Karl dans l'explosion, et ses blessures étaient des égratignures mineures, pas une longue et profonde coupure comme celle de Martin. Le coup de tête maintenant a secoué Karl dans une douleur atroce et a augmenté le saignement, ce qui a complètement aveuglé Karl. Abasourdi, il céda à sa pression.

Au bon moment, s'attendant déjà au fruit de son action, Wagner se leva légèrement et parvint à renverser complètement la position des deux corps. Karl était maintenant sous lui. Il suffisait de le secouer violemment, pour que le chef du lieutenant de la division "Panzer" subisse un coup sec à la nuque avec le bord d'un gravats. Il resta abasourdi, luttant désespérément contre la soudaine maladresse qui l'envahit, et le relâchement qui étreignait ses muscles et ses nerfs.

Avec un rire triomphant, Wagner se redressa, sa main armée libre. Il l'abaissa, visant directement la tête de Karl avec son « Luger ».

« Chien traître, meurs ! » La syllabe d'officier SS

Karl s'agita avec un empressement inutile. J'étais sur le point de mourir. Maintenant, il semblait que plus rien ne pouvait le sauver. Il était une fois un miracle. Une seconde grenade ne viendrait pas le sortir à nouveau des ténèbres de la mort...

La détonation lui a secoué les tympans, lui a transpercé le cerveau, comme pour percer avec un projectile, à la recherche de sa masse encéphalique. Puis, comme un écho, d'autres détonations se succédèrent, bien d'autres encore...

* * *

Le corps d'Helmut Wagner, mis en pièces, s'est soudainement transformé en une forme qui semblait découpée par des projectiles, en une longue traînée rouge et saignante, à hauteur de ses hanches, s'est mise à osciller, gargouillant du sang entre ses lèvres dilatées, vitreuses, incrédules . les yeux avant la mort qu'il avait arrangée pour son antagoniste et qui, inexplicablement, se nourrissait maintenant de lui...

Il avait encore la force, l'énergie, de chercher d'un regard brumeux l'origine de cette rafale de balles qui s'abattait sur lui. Et il a découvert le tireur, le personnage qui avait sauvé la vie de Karl Martin à la dernière seconde.

"Mal... di... to !..." haleta l'officier SS, s'effondrant lentement, incapable même d'appuyer sur la détente de son arme, le regard fixe, voyant à peine les formes terrestres, dans la minuscule silhouette rétrécie de l'enfant qui allait mourir par pendaison. L'enfant combattant, condamné comme déserteur, l'adolescent mort de peur, d'angoisse, d'incompréhension devant cette accumulation d'horreurs qu'il avait dû vivre...

Karl regardait aussi le petit combattant. Il découvrit son petit corps, emprisonné sous les poutres de fer et les décombres de l'immeuble abattus par la grenade, ses jambes lacérées, son corps saignant, son âge pâle, mais fougueux et vif, ses yeux d'enfant, énormément ouverts devant l'atrocité que son les mains venaient de le faire. s'engager.

"Merci, petit..." murmura Karl, alors que les derniers spasmes immobilisaient déjà Wagner ". Merci pour tout. Maintenant je vais... te sortir de là.

"Ne forcez pas" le garçon secoua la tête, tirant la mitraillette de Karl, celle qu'il avait prise peu de temps auparavant, de l'endroit où il gisait, pour la vider contre l'officier SS- ". Il n'y a pas de solution, Lieutenant... Je pense... Je pense que je suis en train de mourir.

« Ne parle pas comme ça, fiston. Tu t'en sortiras vivant. Et personne ne te punira d'avoir eu peur. C'est... c'est tellement humain d'avoir peur. Surtout à ton âge.

"C'est drôle, lieutenant. Mais je n'ai plus peur. Plus maintenant ..." son petit visage maigre sourit gentiment, "Maintenant que je vais mourir, ne craignez rien. Je n'avais pas non plus peur de vous sauver en tirant sur cet horrible Ne me croyez pas... un traître, ou un... lâche.

« Bien sûr que non, mon fils. Personne n'a pensé ça de toi. Seuls ces fous qui mènent le meilleur de la jeunesse allemande à l'abattoir », avançait-il lentement, se remettant de son hébétude, vers le garçon à qui, finalement, il devait la vie. Et pour celui qui savait qu'il ne pouvait plus rien faire ». L'Allemagne c'est toi, c'est moi... ce sont tous ceux qui savent faire la différence entre une lutte digne et l'amour de la Patrie, et cette folie égoïste et féroce d'une poignée de maniaques détraqués. Un jour, il y aura une meilleure Allemagne... et ils le devront aux garçons comme toi, à ceux qui n'ont peur que de ce qu'ils ne comprennent pas ou ne ressentent pas... Beaucoup d'hommes ressentent la même chose, mon fils. Nous sommes des êtres normaux, ceux qui veulent la paix, un monde meilleur, le même pour tous...

Cal. Ce n'était pas la peine de continuer à parler. Le garçon avait rejeté la tête en arrière. Il reposait sur les décombres, pâle et inerte. Un sourire s'était gravé sur son visage à sa mort. Peut-être la seule lumière de bonheur et d'espoir qu'il ait connue depuis de nombreuses années, Et cela devait venir juste à ce moment-là.

« Dieu nous pardonne », murmura Karl, secoué, « Dieu nous pardonne à tous...

Il s'éloigna lentement, entre gravats et pierres, entre ruines et cratères, après avoir fermé les yeux du garçon et récupéré sa mitraillette. Maintenant, il était seul. Seul sur une terre brûlée, sur un terrain que l'ennemi allait bientôt fouler.

Mais il ne s'est pas enfui, il n'est pas parti de là. Au contraire, ses pas le portaient en avant, vers les tranchées et les combats féroces et féroces, vers les nuages de poussière et de fumée des explosions. Vers les ponts sur le Wannsee.

Il y avait encore quelque chose. Quelque chose pour lequel se battre à Berlin, ce Berlin choquant et mourant.

Il y avait Erika. Morte ou vivante, il voulait la retrouver quelque part, où qu'elle soit.

Tout le reste n'avait plus d'importance pour lui, absolument tout. Même sa propre vie...

9

Le crépitement des armes était comme une flambée, une éruption virulente qui surgissait ça et là, dans la ville déchirée, dans un coin délabré ou dans une rue déserte parsemée de morts des deux côtés.

Ensuite, cela s'est toujours terminé de la même manière : des chars lourds et massifs, se déplaçant dans les rues, écrasant les faibles défenses nazies. Et les chars russes avançaient encore de quelques mètres, peut-être d'un kilomètre dans la ville, à la recherche de la capitulation finale de Berlin.

Au sang et puis. Vie par vie. C'est ainsi que les Allemands défendirent leur capitale. Ils tombèrent sans relâche devant les colonnes blindées de Zukhov. Mais ils sont morts après une résistance acharnée qui a allongé les jours, ce qui a fait passer pour du caoutchouc la période que les alliés se sont assignée pour occuper la capitale du Reich.

Ils pensaient que le 25, la Chancellerie du Führer serait déjà atteinte. Mais le 26, au crépuscule, les chars russes étaient encore loin. Même les Américains se sont battus avec acharnement à l'autre bout de Berlin, du côté ouest, luttant contre l'esprit d'une poignée de défenseurs héroïques qui faisaient payer cher chaque centimètre de terre.

Ainsi, le combat continua et l'inévitable fin s'allongea, il subit des ajournements constants, qui augmentèrent la virulence offensive des Russes et des Anglo-Américains, dans leur effort commun pour atteindre, dans la poussée finale, le cœur même de Berlin.

Ainsi, un homme, un fantôme parmi ces ruines, un soldat qui n'oubliait pas sa mitraillette et qui savait s'en servir à tout moment contre les assaillants de la ville, comme un autre Berlinois, pouvait continuer à chercher, toujours à chercher, une femme qui semblait avoir complètement disparu...

Cet homme était le lieutenant de la division Panzer 21 Karl Martin. Cette femme, Erika Polman, des services auxiliaires de la chancellerie du Führer.

***

L'arme a craché du feu dans une explosion rapide et impressionnante, dans une explosion crépitante qui a secoué la rue en ruine escarpée et sinueuse.

La patrouille de soldats russes est devenue un énorme tamis de corps, et ils ont roulé sur l'asphalte, l'éclaboussant de sang. L'arme du seul combattant allemand fumait, après la formidable vague de projectiles lancée sur les soldats ennemis, infiltrés dans ce secteur désert de Berlin.

Le tireur essuya le dos de sa main sur son visage, essuyant la sueur. Ses yeux scrutaient la rue, remarquant le moindre signe de nouveaux ennemis. Au milieu de la rue se tenait le véhicule allemand avec la croix gammée, dont les occupants étaient pourtant soviétiques. Peut-être que les soldats russes ont trouvé une patrouille allemande, la décimant, puis ont occupé le véhicule pour entrer plus facilement dans la zone choisie de Berlin.

Ils n'avaient pas de chance. La bouche de Karl Martin se tordit en un sourire dur qui n'était même pas un sourire. Tuer ne le satisfaisait pas. Pas même les ennemis. Cela ne résoudrait rien et ne sauverait pas Berlin. Et, beaucoup moins, en Allemagne. C'était juste ça : une escarmouche de plus. Une façon de payer avec l'ennemi vit la vie des compatriotes tombés au combat. Karl n'était pas un nazi. Mais il était allemand. Maintenant, il défendait une terre et un drapeau, pas une idée politique, une doctrine ou une personnalité. Il était contraire au nazisme, pas un traître.

Il avançait lentement, arme au poing. Il examina les morts, vérifiant qu'aucun n'était vivant. Il évitait de regarder les visages des soldats morts. Il n'avait rien contre eux. C'étaient des êtres humains, comme lui. Des hommes avec les mêmes problèmes. Peut-être avaient-ils une femme, des enfants, des parents ou des frères et sœurs qui attendaient en vain leur retour. Il était dégoûté de beaucoup de choses. Il secoua la tête, secoué.

"Oh, mon Dieu," murmura-t-il. Est-ce que vous ne pouvez jamais vivre en paix ?

Il est arrivé à côté de la voiture. C'était en bon état. Les Russes avaient eu raison de s'en servir. Il était tenté de tomber dans le piège, s'il n'avait pas craint à la fois les patrouilles nazies et alliées, et s'était caché, jusqu'à ce qu'il les entende plus tard parler russe et découvre leurs uniformes.

"Je peux l'utiliser pour aller plus vite" songea-t-il. Je dois me dépêcher de retrouver Erika... ou je n'aurai pas le temps. Il ne faudra pas longtemps aux Russes pour envahir toute la capitale...

Il fit quelques pas de plus. Puis, soudainement, quelqu'un s'est levé dans la voiture, saisissant la mitraillette montée à l'arrière sur un trépied rotatif. Ils ont brandi la redoutable arme automatique sur lui, avec une précision étonnante.

Karl, surpris par la présence du soldat russe, auparavant caché à l'intérieur du véhicule, a mis du temps à se reconstruire. Mais même ainsi, il est arrivé à l'heure, pour très peu.

Le pistolet était déjà pointé sur lui, lorsque Karl Martin appuya résolument sur la détente de sa mitraillette, son expression tremblante, sa mèche blonde balayant d'un air rebelle, son large front suant de poussière, de fumée et de sang.

Rat-à-à-à-à-à...

Le cliquetis était accompagné de crachats chauds et enflammés. Le Russe toussa, accrochant ses mains sur la mitrailleuse du véhicule, vacilla violemment et s'écroula, dégringolant sourdement sur l'asphalte, le sang jaillissant déjà de ses blessures et de la commissure de ses lèvres.

Cette fois, Karl était plus prudent. Tout d'abord, il a fourré à l'intérieur du véhicule avec le canon fumant de sa mitraillette. Plus tard, il a pris le volant, après avoir vérifié que toute la patrouille ennemie avait été vaincue. Il a mis la mitraillette sur ses genoux et a démarré le moteur. Accéléré.

Le véhicule était perdu par les larges avenues bordées de ruines et de murs nus. Conduite par un homme qui cherchait, cherchait. Toujours à la recherche, infatigable et tenace.

* * *

La nuit du 28-29 était une de plus dans le cauchemar obsessionnel de Berlin de sang, de feu et d'horreur.

Les premières heures du 29 ont apporté un événement inattendu dans le "bunker" du Führer : son mariage avec Eva Braun. Un mariage tragique, à la veille de la mort...

Himmler l'avait déjà trahi, essayant de faire la paix en Allemagne avec le comte Bernadotte. Goering était en état d'arrestation par le SS L'amiral Doenitz a été confirmé dans la succession du chef de l'Etat nazi.

Cela s'est passé dans le "Führerbunker" de la Chancellerie de Berlin. Pendant ce temps, dans un autre quartier de la ville allemande troublée, deux autres personnages, plus sombres et plus méconnus que le Führer et sa femme, arrivent à leur fin pathétique...

* * *

"Une nuit de plus... Alors, jusqu'à quand ?

"Je ne sais pas. Personne ne le sait. Nous devons résister. Résister le plus longtemps possible.

Et... 'est' possible, Dr Ulmer ?

— Je ne sais pas non plus, avoua sincèrement le médecin militaire. « Je crois que je ne sais plus rien sur quoi que ce soit, Erika. Cette guerre, cette horreur... elles m'ont bouleversé. Ouais, je ne veux même plus y penser. Alors ça ? Ce serait d'autant plus terrible.

"Beaucoup plus..." Les yeux d'Erika suivaient les lignes des blessés. Beaucoup d'entre eux incurables, d'autres terriblement mutilés. Plus d'une fois, des jambes ou des bras ont été jetés dans les poubelles, comme des objets inanimés sans valeur. Et c'étaient des membres humains, des morceaux d'un corps mutilé par la chirurgie, une tentative désespérée de sauver des vies à tout prix.

"Je sais ce que tu penses. Vous visitez les hôpitaux d'urgence depuis plusieurs jours, n'est-ce pas ?

« Oui, Dr Ulmer Et je ne suis pas infirmière, je ne l'ai jamais été. Il était dans un avant-poste en train de purger une peine. C'est... c'est super pour moi. Je ne sais pas si j'en prendrai plus.

« Il endure déjà beaucoup. Le Dr Ulmer la regarda pensivement. Vous dites qu'ils l'ont punie ? Qui ?

« L'officier SS An m'a remarqué, et je n'étais pas très accessible avec lui. Il s'est vengé.

"Le très..." se contrôlait le médecin du corps de santé militaire du Reich. " Les SS... la Gestapo... C'est tout ça qui nous a conduits à ce chaos ! Pourriture, égoïsme, misérables parasites qui ont sucé le sang de l'Allemagne, Erika... Si ce n'était pas si nécessaire pour moi, je te demanderais... de partir d'ici, d'essayer d'échapper à cet enfer.

« Où aller ? » Demanda-t-elle amèrement.

« Oui, vers où ? » Messe le docteur", vers où si tout fait partie du même enfer ? Tu n'as personne pour t'attendre, personne pour s'occuper de toi si... si tu t'en sors ?

« Non, docteur Ulmer. J'avais une cousine. La Gestapo l'a tuée. Mes parents sont morts il y a longtemps... Ma maison a été coulée par des bombardiers anglais... "L'espace d'un instant, le visage souriant, jeune et énergique, d'un officier arrogant de la division" Panzer 21 " apparut dans son esprit. Il rejeta cela effigie au geste sceptique, impulsif". Non, je n'ai personne, certainement. Si je meurs, ils ne pleureront pas pour moi non plus...

Le Dr Ulmer la dévisagea. Il avait cru remarquer cette hésitation sur son visage. Le médecin a souri, secoua la tête, puis dit lentement :

« Personne pour la pleurer, personne pour la chercher dans ce monde angoissé et horrible... C'est drôle, Erika.

Elle le regarda vivement. Il cligna des yeux, ne comprenant pas l'accent qu'Ulmer avait mis dans sa voix.

« Qu'est-ce qui est curieux ? Il voulait savoir.

« Ce que vous avez dit. C'est marrant que je n'aie personne... et un homme m'a dit le contraire aujourd'hui.

"Un homme!

"Oui. Nous l'avons trouvé blessé par des éclats d'obus russes dans l'une de nos voitures de patrouille. Il n'est pas de la SS. C'est un lieutenant du "Panzer Vingt et un". Il erre dans Berlin depuis des jours et des jours, vous cherchant sans cesse. Il ça a dû être long pour arriver ici...

« Karl ! Karl Martin !

— Je croyais que tu ne connaissais personne qui s'occupait de toi, Erika. C'est son nom...

" OMG ! Karl... " ses genoux, ses mains, ses lèvres tremblaient. " Ce... ?

Blessé, mais pas gravement. Rien de sérieux. Il avait déjà eu une blessure à la tête. Il en a reçu d'autres. C'est un garçon fort comme un taureau. Il était fiévreux. Il disait juste : "Erika, Erika... Erika." Je l'ai interrogé, dans un moment de lucidité. C'était Erika Polman qu'il cherchait...

« Mon Dieu, je dois le voir ! Elle haleta. Je dois vous voir, docteur ! Il... il n'a personne non plus...

« D'accord, wow. Il va voir si c'est bien lui » sourit Ulmer « -. Mais ne le réveillez pas. J'ai administré un analgésique. Demain vous pourrez lui parler.

"Oui...

« Eh bien, ils pourront peut-être y retourner. Tout dépend de comment il est...

Mais Erika ne l'écoutait plus. Il courut voir l'homme qui entrait aux urgences de l'hôpital en appelant sans cesse son nom. Elle avait envie de savoir si Karl Martin vivait vraiment et avait parcouru l'enfer de Berlin à sa recherche...

Quand il était devant son lit, son cœur battait violemment.

Décharné, profondément endormi, sa barbe blonde longue, blessée, pâle, à peine l'ombre de l'officier arrogant qu'il avait rencontré dans le bunker. Mais c'était lui. C'était Karl Martin.

Sans savoir pourquoi, elle s'est retrouvée à remercier Dieu pour tout cela...

* * *

— Vraiment, docteur Ulmer ?

L'officier médical de l'armée allemande hocha la tête avec sa tête blonde massive.

"Oui," dit-il brièvement. Il n'y a pas de temps a perdre. Partez aujourd'hui. Demain 1er mai, les Russes auront achevé l'occupation de Berlin. Peut-être que vos amis de la Chancellerie pourront vous fournir un moyen d'échapper à ce chaos.

Karl, toujours hésitant, serra chaleureusement la main d'Ulmer. Il est monté dans le véhicule qu'il y a amené, et que le médecin lui a rendu en parfait état. Erika, à côté de lui, était couverte d'une cape militaire dont les emblèmes avaient été arrachés. La journée était grise, presque froide et inclémente.

"Je te souhaite bonne chance," marmonna Ulmer. Ils vont en avoir besoin... quoi qu'il arrive.

Erika le regarda. Karl la regarda. Ils ne s'étaient presque rien dit. Un salut, une poignée de main en voyant les deux, Karl déjà conscient. Mais ses mains tremblaient quand il serrait. Il y avait quelque chose, un courant magnétique qui passait de l'un à l'autre. Mais pas un mot. Pas un seul...

"Sortez là-bas, les garçons", a exhorté Ulmer. « Il est six heures de l'après-midi et la nuit doit les rattraper lorsqu'ils seront de retour dans la sécurité du bunker...

Karl hocha la tête. Ils se saluèrent - les deux hommes. Le véhicule est reparti, sous le rugissement des avions russes et américains, sur fond de Berlin brisé, meurtri, délabré, secoué par les grenades soviétiques, les obusiers et les salves d'artillerie.

Karl roula dans plusieurs rues, lugubres. Erika lui jeta un coup d'œil.

"Est-ce vrai que tu m'as cherché dans toute la ville, Karl ? -" demanda-t-elle.

"Oui c'est correct...

« Pendant des jours ?

"Oui.

« Oh mon Dieu... Et le lieutenant Wagner ?

"Mort.

« Et maintenant ? Que va-t-il se passer ?

"Je ne sais pas. Les SS ont perdu la faveur du Führer. Ils l'ont tous trahi. Maintenant, j'ai presque pitié de lui. Malgré tout le mal qu'il a fait...

« Peut-être... peut-être que nous n'y arriverons jamais.

"Peut-être. Nous pouvons mourir, Erika.

Ou tomber entre les mains des Russes.

"C'est aussi possible" il la regarda de côté. " Quoi qu'il arrive, Erika, je veux que tu le saches maintenant.

"Qui sait... quoi, Karl ?" Elle frissonna brusquement.

"Je t'aime, Erika.

« Karl !

"Je t'ai toujours aimé. Cela explique tout, n'est-ce pas? "J'essayais d'être dur. Et il n'a pas pu.

"Oh, Karl, chéri..." elle se pencha vers lui, embrassa ses vêtements, ses mains sur le volant. Elle le regarda pathétiquement, tendrement. " Karl, je pense... Je pense que j'ai toujours eu un faible pour toi. Mais cette foutue guerre...

« Oui, tout rend les choses difficiles. Mais il nous a permis de nous rencontrer, il nous a unis, il nous a séparés... de nous unir à nouveau maintenant,

« Et peut-être que ça nous séparera à nouveau, Karl » trembla-t-elle.

"Peut-être. Si cela arrive...

"Quoi?

« Si cela se produit, Erika..., je veux que tu entendes ça.

« Dites-moi, Karl.

"Chaque jour le 30 avril, depuis que vous redevenez propriétaire de vos actions, quand tout cela est derrière...

"Parle parle.

« Attendez-moi toujours au même endroit.

"Lequel?

« Un endroit appelé Göttingen.

"Oui, Karl...

« Dans le petit cimetière local..., devant la tombe d'une fille nommée Roszy Polman.

"Oui oui!" Deux grosses larmes coulèrent des yeux d'Erika.

« Je t'ai promis une fois, Erika. C'est... c'est un bon endroit pour que toi et moi nous retrouvions... si jamais ça arrive.

« Je serai là, Karl... tous les 30 avril. Peu importe combien d'années passent...

Karl ne répondit pas. Soudain, il a freiné la voiture. Il regarda devant lui. Elle capta la tension, l'angoisse dans son geste. Il a aussi regardé là-bas. Karl Martin a commencé à ramasser sa mitraillette.

"Non, Karl" songea-t-il. Ce serait inutile... Tout est inutile maintenant.

Karl lui jeta un coup d'œil. Puis il se retourna vers les véhicules russes, les groupes de soldats soviétiques armés, les officiers gardant les rues et les entrées.

Il leva les bras en murmurant :

"Tu as raison. Déjà, tout est inutile, Erika...

Égalementetn elle a élevéou alorstes bras. Les Russes avancèrent sur eux. Un officier, pistolet à la main, a demandéou alors en allemandàn rudimentaire :

« Où allaient-ils ?

Kari n'a pas menti :

« A la Chancellerie du Reich.

« Avec Hitler ? Demanda le Russe, surpris de sa sincérité.

"Oui.

« Fidèle à lui ?

« Fidèle à l'Allemagne, monsieur.

L'officier les regarda. Pas trop hostile. Il leur fit signe de descendre. Ont été enregistrés.

"Il est inutile qu'ils s'en aillent", dit l'officier russe.

Karl ne répondit pas. L'ennemi l'étudia avec un demi-sourire.

"Ce serait inutile, même s'ils avaient été inconditionnels de leur Führer" a-t-il ajouté ". La nouvelle s'est répandue comme une traînée de poudre dans tout Berlin, vous savez. Adolf Hitler... s'est suicidé.

Karl pinça les lèvres. Sans savoir pourquoi, il se sentit à nouveau désolé. C'était absurde, mais il le sentait. Même s'il n'aurait pas dû le ressentir. Peut-être qu'il était trop humain.

« Il s'est suicidé... » répéta-t-il lentement. Donc, vraiment, c'était la fin.

"Oui, c'est la fin du Reich" soupira l'officier soviétique. Maintenant, laisse-moi te séparer de la dame. C'est réglementaire, tu comprends ? Avez-vous quelque chose à vous dire avant ? Cela peut... cela peut prendre beaucoup de temps avant qu'ils ne se voient à nouveau.

"Je comprends, oui." Karl fixa Erika. Il lui sourit joyeusement de son visage pâle. " Souviens-toi, mon cher. Au cimetière... un 30 avril.

"Je serai là, Karl" promit Erika, retournant le sourire à travers les larmes.

Ils ont ensuite été séparés. Berlin tremblait encore sous le feu de l'artillerie. Mais c'étaient déjà les dernières convulsions. Le dernier...

Dans le « bunker » de la Chancellerie, deux corps avaient déjà été incinérés, pour que personne ne les insulte : Adolf Hitler et Eva Braun, lors de leur tragique lune de miel.

Dans une rue au hasard d'un Berlin délabré, deux êtres se sont séparés, peut-être pour toujours : Karl Martin, lieutenant de la "Panzer 21", et Erika Polman...

ÉPILOGUE

"Toujours?"

Pas.

Un jour de 1949, quatre ans plus tard, deux jeunes personnes en deuil se trouvaient dans le petit cimetière de Göttingen, en Allemagne.

Devant une tombe où il est écrit : « Ici repose Roszy Polman. Tué en 1945. Tué par la Gestapo. "

Quelqu'un m'en a parlé à Göttingen. Je n'ai pas voulu en savoir plus. Après tout, c'était ce que je voulais. Une belle fin à une histoire amère, dure et terrible de la Seconde Guerre mondiale : celle d'un "bunker" à Berlin, et celle de certains des êtres qui l'ont occupé en avril 1945..., lorsque le Troisième Reich s'est effondré.

FINIR

www.ingramcontent.com/pod-product-compliance
Lightning Source LLC
LaVergne TN
LVHW101949220826
846093LV00006B/152

* 9 7 9 8 2 0 1 6 9 6 2 9 0 *